이브
본느프와의
시학

이브
본느프와의
시학

● 이신자 지음

한국학술정보㈜

프랑스 현대 시인 중의 한 사람인 이브 본느프와Yves Bonnefoy
는 1923년 투르Tours 지방에서 태어나 현재까지 활발히 작품 활
동을 하고 있다. 고향에서 중·고등학교를 마치고 그는 프와티에
Poitiers 대학과 파리Paris 대학에서 수학과 철학을 공부했는데, 특
히 키르케고르Kierkegaard의 철학과 보들레르Baudelaire의 문학을
연관시키는 연구를 하기도 했다. 1944년경부터 그는 파리에 머물
며 시와 그림 등에 관심을 갖고 예술의 나라 이탈리아를 비롯한
유럽 여러 나라와 미국 등 아메리카 대륙의 나라들, 그리고 인도,
일본, 캄보디아, 이란 등지를 여행했다. 1945년에는 앙드레 브르
통André Breton이 주축이 된 초현실주의 운동에 참여했다가 1947
년에 그 그룹에서 탈퇴를 했다. 초현실주의에서 주장한, 작가의
무의식에 의한 자동기술법이 사실은 작가의 의식과 의도에 의해
이루어진다고 그는 보았기 때문이다. 자연스러운 상상력의 작용에
따라 거의 전통적인 형식(알렉상드랭 형식을 약간 변형시키는 형
식)의 시를 쓰려는 그의 생각과는 초현실주의의 거의 전위적인 이
론이 맞지 않았던 것이다.

1950년경에는 이탈리아와 네덜란드, 영국 등 여러 나라의 박물

관들을 두루 다니며 많은 예술작품을 깊이 감상하는 데 시간을 보냈고, 또한 훗날 그의 예술 연구에 많은 도움을 준 르네상스 예술의 전문가인 앙드레 샤스텔André Chastel을 만났다. 그 당시 파리에서 그는 그동안 본 예술작품들을 상기하면서 또는 직접 예술작품들을 보면서 시를 썼다. 시 작품 활동을 하면서 그는 1955년 경에는 박사학위를 준비하기 위해 장 발Jean Wahl의 추천으로 국립과학연구소(CNRS)에 들어갔고, 이때 앙드레 뒤 부셰André du Bouchet와 필립 자코테Philippe Jaccottet, 알베르토 자코메티Alberto Giacometti 등을 만나 시와 예술을 논했다.

1953년에 나온 『두브의 동과 부동에 대해 *Du mouvement et de l'immobilité de Douve*』, 1958년의 『어제는 사막을 지배하며 *Hier régnant désert*』, 1965년의 『쓰여진 돌 *Pierre écrite*』, 1975년의 『한계의 환상 속에서 *Dans le leurre du seuil*』, 그리고 1987년에 나온 『빛 없이 존재했던 것 *Ce qui fut sans lumière*』 등의 시집들은 모두 본느프와의 그런 다양한 활동들에 의해 심화된, 시에 대한 그의 강렬한 열정으로부터 태어난 결실들이다. 특히 앞의 처음 4개 시집은 1978년에 『시 *Poèmes*』라는 제목으로 통합되어 메르퀴르 출판사에서 간행된 후 몽테뉴상을 받았다. 1987년의 그 시집은 에세이집 『꿈속에서의 이야기 *Récits en rêve*』와 함께 플로랑스 구드상을 받았다. 이 시집들 외에도 그는 예술가들이나 예술작품들에 대한 그의 생각을 수필 또는 비평문 형식 속에서 쓰기도 했다. 실제로 이탈리아 여행 후 파리에 돌아와서 1954년에 간행한 『프랑스의 고딕 벽화 *Peintures murales de la France gothique*』를 필두로 많은 예술비평들을 시인의 시각으로 씀으로써, 그는 예술에 대한 그의 폭넓은 식견을 보여주고 있다. 예술평론들을 책 전체에 또는 부분적으로 수록한 저서들로는 우선 1959년에 나온 『있음직하지 않은 것 *L'Improbable*』을 들 수 있는데, 이 저서를 출간한 그해에 그는 누벨 바그상을 타기도 했다. 1967년에는 『만토바에서 꾼 꿈 *Un rêve fait à Mantoue*』을, 1970년에는 『로마 1630; 초기 바로크 양식의 조망 *Rome 1630; l'horizon du premier baroque*』을 간행했는데, 특히 후자 책은 1971년에 평론가들이 주는 상을 받기도 했다. 1977년에 나온 『붉은 구름; 시학 평론 *Le Nuage rouge; Essais sur la poétique*』이나, 1989년에 나온 어느 한 조각가와 화가들에 대하여 *Sur un sculpteur et des peintres*에도 예술비평문들이 수록되어 있다.

본느프와는 예술가들의 작품들만을 해석, 비평하는 것이 아니고, 또한 네르발Nerval, 랭보Rimbaud, 보들레르Baudelaire, 말라르메Mallarmé 등을 위시한 여러 시인들의 작품들도 자기 관점에서 세밀히 조명하고 있다. 1961년에 간행된 『아르튀르 랭보 Arthur Rimbaud』와 1977년의 『붉은 구름』, 그리고 1988년의 『말의 진실 La Vérité de parole』 등은 그의 문학관을 보여주는 대표작들이라 할 수 있다. 이외에도 그가 1972년부터 1990년까지 시에 대해 여러 작가와 면담한 내용들을 모아서 1990년에 간행한 『시에 대한 대담집 Entretiens sur la poésie』이 있고, 프랑스 시의 정체성과 직능을 연구한 다수의 글들이 있다. 특히 그가 1981년에 아카데미 프랑세즈상을 수상하며 콜레즈 드 프랑스의 교수로 임명된 후 1993년 은퇴할 때까지 한 강의 내용들을 모아놓은 『이미지의 장소와 운명 ; 콜레즈 드 프랑스에서의 시학 강의(1981 - 1993) Lieux et destins de l'image; Un cours de poétique au Collège de France (1981 - 1993)』에서는 쥘 라포르그Jules Laforgue와 보들레르, 말라르메 등의 작품들을 통해 프랑스 시의 직능을 깊이 파헤치고 있다. 이 책은 1999년에 출판된 것으로 여기에는 그가 1981년 12월 4일에 콜레즈 드 프랑스에서 한 『시 기능의 비교연구 교수직 취임 기념 강의 *Leçon inaugurale de la chaire d'Études comparées de la Fonction poétique*』(『현존과 이미지 *La Présence et l'Image*』라는 제목으로 1983년에 발행)도 포함되어 있다.

본느프와가 시를 쓰고 또 시의 기능에 대해서 연구하는 데 많은 도움을 준 것은 프랑스 시인들의 작품들만이 아니다. 아마도 외국 작품들에 대한 그의 번역도 그에게 많은 도움을 준 것 같다. 실제로 그는 시를 쓰면서 어려움이 있을 때에는 흔히 번역 작업에 매달렸다고 한다. 특히 셰익스피어Shakespeare의 『쥘 세자르 *Jules César*』(1960)와 『로미오와 줄리엣 *Roméo et Juliette*』(1968) 같은 작품들을 구성하는 소네트들을 번역하면서, 그는 그 영국 작가의 그리스적인 사고방식에 의한 시 작법이 다소 고전적 취향인 자기 자신의 시적 감흥과 부합되는 면이 있음을 발견하고 그의 시 작법을 자신의 시 창작을 위해 그리고 시의 직능 연구를 위해 참고했을 것으로 생각된다. 이 작품들 외에도 그는 1956년부터 지금까지 셰익스피어의 거의 전 작품을 번역했다. 그는 또한 아일랜드 시인인 예이츠Yeats의 시들도 번역을 해서 1989년에는 『45개시 작품 *Quarante-cinq poèmes*』을 출간하기도 했다.

본느프와가 그처럼 시 작품 활동을 하면서 다양하게 병행한 번역 작업과 그리고 예술작품과 문학작품들에 대해서 하는 비평 활동으로부터 우리는 그에게 있어서 글을 쓰는 행위 자체가 바로 그 자신의 삶이라는 것을 알 수 있다. 여러 장르에 걸쳐서 행해지는 다양한 형식의 글쓰기를 하는 것은 그에게 있어서 인생의 의미는 오직 문학작품의 창작에서만 찾을 수 있기 때문일 것이다. 그래서 그는 지금도 자신의 새로운 시집 또는 예술작품과 문학작품들에 대한 비평서, 그리고 번역작품들을 계속 쓰고 있다. 문학 장르의 범주 안에서 글을 써도 그는 수학과 철학을 공부했기 때문에 그의 전 작품에서 보이는 사고의 근저에는 이 두 영역에 대한 그의 깊은 탐색에서 오는 심오함이 깔려 있다. 그의 시학의 무겁고 깊은 의미는 그가 끊임없이 연구하는 결과라 할 수 있을 것이다. 실제로 그는 시 문학에 관한 연구로 1986년에 스위스의 뉴샤텔Neuchâtel 대학교와 미국의 아메리칸 칼리지American College 에서 명예박사학위를 받은 것을 시작으로, 1988년에는 시카고 Chicago 대학교에서 박사학위를, 1992년에는 더블린Dublin에 있는 트리니티 대학Trinity College에서 박사학위를 받았다. 그리고 1981년 말 콜레즈 드 프랑스에 교수로 임명되기 전 그는 1979년부터 1981년 말까지 객원교수로 있었던 엑스-앙-프로방스Aix-en-Provence 대학교에서, 또 1987년에는 예이츠Yeats 대학교에서 시 강의를 하면서 그의 연구를 계속했다.

그처럼 활발한 연구 활동으로 깊어진 그의 시학은 간략하게 결론지을 수 없을 만큼 아직도 연구해야 할 많은 주제들을 제시하고 있다. 그의 작품들의 진가를 필자의 소견으로는 다 알 수 없겠지만 그의 문학에 조금이라도 다가가고 싶은 마음에서 학위논문을 썼고 지금 또 이 글을 쓴다. 이 책 앞부분은 그의 문학세계를 크게 특징지을 수 있는 몇 개의 방향에 따라 개괄적으로 전개된다. 그리고 경우에 따라서는 그의 시나 비평문들을 번역해서 소개하고 있다. 외국 텍스트를 번역하는 것은 원문을 단순히 복사하는 차원을 넘어 그 문학성을 손상시키지 말아야 함은 물론이고 오히려 그것을 더 증대시키기까지 해야 한다고 본다. 그럼에도 불구하고 번역문들에 정확하지 못한 오류들이 있다면 이 책임은 온전히 번역자의 몫이 될 것이다. 이 책의 뒷부분은 앞부분에서 그의 문학을 설명하며 다 밝히지 못한 부분들을 보완하기 위해 프랑스어 문학 학회지들에 게재되었던 그의 시학에 관한 논문들을 수록하고 있다. 앞부분과 그리고 뒷부분의 각 항목은 각각 따로따로 서술된 것이어서 언급되는 내용들이 때로 중복되는 경우도 있을 것이다.

끝으로, 지금 이 책이 있을 수 있게 됨에 모든 분께 진심으로 감사의 마음을 드린다. 대학교 학부과정에서 공부할 때부터 필자에게 많은 지도편달을 해 주신 모교 스승님들과, 박사학위 논문을 지도해 주신 제라르 데송 선생님 그리고 앙리 메쇼닉 선생님께 깊은 감사를 드린다. 또한 출판을 맡아 주신 한국학술정보(주)의 여러분께도 고마운 마음을 전한다.

2010년 봄

이신자

차례

1
물질적 상상력의 세계

본느프와가 글을 쓰는 것은 아마도 주체할 수 없을 정도로 넘쳐 나는 그의 상상력 때문일 것이다. 시와 비평문 등 모든 텍스트들에 서 느낄 수 있는 그의 상상의 세계는 지나치게 화려한 미사여구로 장식되지도 않고 아주 철학적인 용어들 사용으로 건조해지지도 않 는다. 일상생활에서 사용되는 평범한 낱말들의 오묘한 배합 속에서 나오는 풍부한 은유는 그의 상상 세계의 깊이를 더하게 하는 큰 힘 을 가지고 있다. 특히 비평들에서의 은유적인 문체는 각 텍스트가 문학작품이나 예술작품을 분석하는 비평문 차원을 넘어 그 자체대 로 각각 한 편의 긴 시들이 될 수 있을 만큼 시적 풍치를 다채롭게 자아내고 있다. 바로 이 점은 그의 작품들을 해독하기가 어렵도록 난해하게 만드는 요인이 되기도 하지만 그의 상상의 세계가 풍요 로운 만큼, 단순하지만은 않다는 것을 확인하는 것이기도 하다.

작품들에서 근간이 되는 상상의 세계는 흔히 대지, 하늘, 바다, 불 등 의식이 없는 물질요소들의 이미지에 입각해서 전개된다. 작 품들은 바슐라르Gaston Bachelard가 탐색하기도 한 4요소 물질들의 객관적인 세계를 이 물질들을 보는 존재의 개인문화를 형성하는 주관적인 의식과 관련지으며 그 실체를 파악하려 한다. 보는 사람의 인지작용에 따라 그 가치가 좌우되는 자연요소들의 물질세계가 인간 주체의 상상력을 통해서 그 자신의 자기 파악을 하게 하는 요인이 되고 더 나아가서 보이는 세계의 이면에 있는 보이지 않는 세계까지도 생각하게 한다.

그런 상상의 세계는 특히 시들 속에서 대지와 하늘 또는 물과 불의 4요소가 서로 반대 영역에 자리 잡는 뒤집힌 몽상 속에서 전개된다. 우주 공간의 심연 속에서 솟아나는 항구적인 별들의 불, 그 불들로 가득 채워진 우주 공간은 커다랗게 입 벌린 대지의 아궁이와 같다. 밤하늘 불꽃 튀는 별들의 밭에서는, 꿀벌이 대지의 벌판 위에서처럼 선회하고 배가 밤바다를 항해하듯 미끄러져 간다. 새벽하늘에서 식어 가는 별들을 모으는 석공의 화물 운송차 소리는 닻을 내리고 사막에 정박 중인 조각난 배에서 가끔씩 울리는 청동소리와도 같다. 또한 별들의 빛은 잠자는 대지를 찢는 검과 같고 검은 바다의 물거품과 같다. 대지의 나무 열매들은 하얀 백묵으로 뿌려 놓은 듯한 하늘의 은하수를 이루는 별들이 된다. 그리고 대낮 하늘의 작은 구름들은 목동이 흩트려 놓은 양들과 같고 또는 땅 위에 피어 있는 꽃들과도 같다. 대지의 풀밭 위에 맺힌 물방울은 하늘에서 강물을 이룬다. 시들에서 물질적 상상력은 이처럼 수직 방향을 타고 뒤집힌 세계를 만들며 4원소의 이미지들을 종합하고 있다. 상상세계의 이런 범주를 요약하고 있다고 볼 수 있는 시 한 편을 본다.

〈흩어져 있는 것, 분할할 수 없는 것〉

그렇다, 돌밭
꼭대기 가시덤불들에 의해. 하늘을 향해
서 있는 이 나무에 의해.
저녁마다, 하늘과 땅
혼인의 목소리들과
사방의 불꽃들에 의해

〈L'épars, l'indivisible〉

Oui, par les ronces
Des cimes dans les pierres. Par cet arbre, debout
Contre le ciel.
Par les flammes, partout,
Et les voix, chaque soir,
Du mariage du ciel et de la terre

(『한계의 환상 속에서 *Dans le leurre du seuil*』, in 『시 *Poèmes*』,
p.320)

그런데 시들에서 반대를 이루고 있는 이미지들은 다른 한편으로는 본느프와가 이미지들의 허구성을 해결하기 위한 한 방편이 될수도 있다. 이미지는 '거짓말'일 수 있기 때문에, 그는 이미지들의실체를 밝히려 한다.

그 방법의 하나로, 시들은 대립된 이미지 간의 투쟁을 시도해서이미지들이 서로 해체되게 만들고 그들끼리 다시 투쟁하도록 그들서로를 화합시키기도 한다. 시들 속에서 상상의 세계는 이때 가장작은 물질에서 큰 물질에까지, 그리고 절대적인 진실 또는 진리에

로까지 확대된다. 대립된 이미지들을 부정적으로 또는 긍정적으로 상호 교체시키는 시들의 진행구조는 일반적인 것에서 특별한 것을 찾기 위해 구체적인 것에서 추상적인 것을 향해 간다. 따라서 이미지 간의 파괴와 화해의 순환 과정은 궁극적으로 다양한 물질세계의 잔해들로부터 결코 '분할할 수 없는' 그 무엇인가를 찾아내, 추상적이지만 새롭고 확실한 절대적인 진리의 어떤 특별한 '하나'를 건설하는 데 필요한 것이다. 그런 과정은 곧 본느프와의 일원론적 차원의 시 추구 방법을 설명한다.

시들은 이미지들이 서로 팽배하게 끌어당기며 대치하는 상황을 만들면서 비현실적인 꿈과 현실을 갈등하게 한다. 꿈과 갈등을 빚고 있는 현실은 신이 내재되어 있지 못한 채 늘 미완성으로 남아 있다(본느프와는 구체적인 어떤 종교를 믿으며 실천하는 신앙인은 아니지만 철학적인 면에서 절대적인 신의 현존 문제를 생각한다). 신의 현존이 깊숙이 자리 잡은 완전한 현실은 있을 수 없지만 불완전한 현실과 완전한 진실의 세계 간의 경계는 어둠에 의해 빛이 서서히 잠식되어 갈 때 빛과 어둠의 경계처럼 사실은 모호하다.

이미지들이 직능하는 방법에 의해 진실의 세계와 현실 간의 그런 모호성을 규명하고, 나아가 '분할되지 않는' 어떤 절대의 세계를 건설하는 것이 바로 본느프와가 이미지들의 실체를 확인하는 길이 된다.

낱말들을 끊임없이 다듬고 문장 속에서 재구성하는 것은 허구에 빠질 위험에 처한 이미지들의 진상을 밝히기 위한 구체적인 한 수단이다. 낱말들은 문장 속에서 언어를 구성하는 요소이기는 하지만 언어는 이념적인 사고를 질서화한 체계로 이미지들을 관념화시키기 때문에 시는 이 언어로 되어서는 안 된다. 시는 어쩔 수 없이 언어로 구성되면서도 언어체계로부터 벗어나 낱말들 자체를 길들이는 것이어야 한다. 이는 사실은 어렵다. 이런 어려움이, 상상세계의 의미와 가치를 창출하면서 현실과 진실의 세계 간의 간극을 파악하고 '하나'인 세계를 건설하기 위해 시를 쓰는 일을 늘 불확실하게 만든다. 글쓰기의 불확실성을 해결하는 것이 곧 시를 구원하는 것이고 결국은 불완전한 현실에서 완전한 '하나'밖에 없는 진리의 세계로 향하는 상상세계의 시학을 구현하도록 한다. 바로 이런 이유들에서, 본느프와가 '파괴하고 또 파괴해야만' 하는 것은 미완의 구원받아야 할 시인 것이다. 그 형태와 '아름다움'이 완전한 것처럼 보여도 참으로 완벽한 걸작이 아니기 때문에 불태워져 버려야 하는 것은 시다.

〈시론〉

자기 원래의 나뭇가지들로부터 떨어져 나간 얼굴
구름 낮게 드리운 하늘에 온통 불안으로 이루어진 아름다움.

어느 아궁이에 그대 얼굴의 불을 피울까
오 머리를 떨어뜨린 채 사로잡힌 메나드여?

〈Art poétique〉

Visage séparé de ses branches premières,
Beauté toute d'alarme par ciel bas,

En quel âtre dresser le feu de ton visage
O Ménade saisie jetée la tête en bas?

(『두브의 동과 부동에 대해 *Du mouvement et de l'immobilité de Douve*』, in 『시 *Poèmes*』, p.78)

시를 구원하는 것이 본느프와에게는 그의 삶 전체이기도 하다. 그가 산다는 것은 시를 구원하기 위해 글을 쓰는 작업의 연속일 뿐이다. 따라서 그의 시가 상상의 세계를 다룬다 해도 그의 시를 서정적인 테마로만 그의 삶과 연결시키며 이해해서는 안 될 것이다. 그의 삶과 시는 사물에 대한 명명작업을 절대적인 진리를 향해 성스러운 단계에까지 끌어올리는 그런 과정에서 파악되어야 한다. 이 의미에서 그의 시학을 반(反) 서정성의 시학 또는 성스러운 것으로 향하는 시학이라고 할 수 있다.

시의 구원까지 생각하게 하는 이미지들의 허구와 실체에 대한 문제, 그리고 이미지들을 가져오는 물질에 대한 상상력 문제, 이런 점들 외에도 본느프와의 작품들에서는 장소에 대한 탐색이 주목할 만하다.

2
장소에 대한 번민

본느프와가 태어난 투르Tours 지방과 그가 유년 시절 방학 동안에 자주 가곤 했던 그의 외할아버지가 살던 트와락Toirac 지방, 그리고 그가 여행 중에 보았거나 또는 그림들에서 본 이탈리아와 이집트 등지의 여러 장소들은 그의 문학세계의 주된 무대가 된다. 이 장소들 중에서 그의 고향 투르의 가난한 마을은 그가 항상 다른 세계를 찾아가도록 무언의 강요를 하는 '여기l'ici'라는 현실의 장소, 즉 눈에 보이는 세계로 그에게 남는다. 녹슨 철교와 축축하고 음산한 늪지, 혼자 집에 남아 있는 어린아이의 '외치는 소리' 등 아주 단조롭고 메마른 대지의 풍경과 가난한 사람들의 삶을 보여주는 투르의 마을이 세계의 종말까지는 상기시키지 않더라도 거의 황폐한 모습을 하고 있어 삭막하고 거칠게 느껴진다.

한편으로, 내가 태어난 도시에서 내게는 부정적이기만 했어도 나의 추억을 잘 만들 수 있게 한 체험이 있었다. 마지막 전쟁 전 투르로부터 나는 활기 없는 길들만을 보고 또 보게 된다. 깊은 의미에서, 사실 길들은 그랬다. 우리는 조그맣고 초라한 집들 동네에서 살고 있었다. 남자들은 공장에서 일했고 여자들은 거의 항상 반이 닫혀 있는 덧창 뒤에서 가구를 왁스로

닦고 있었다. 때로 그 외마디 외침으로 침묵을 깨뜨리는 것은 아이뿐이었다.

D'une part, dans la ville où j'étais né, une expérience qu'il me fallait négative, et qui a réussi à modeler ma mémoire. De Tours avant la dernière guerre je ne revois que des rues désertes, et c'est vrai qu'elles l'étaient, en un sens profond. Nous habitions un quartier de petites maisons pauvres. Les hommes aux ateliers, les femmes ciraient leurs meubles derrière les persiennes presque toujours demi-closes, il n'y avait qu'un enfant à rompre parfois de son cri bref le silence.

(『후배지 L'Arrière-pays』, in 『꿈속에서의 이야기 Récits en rêve』, pp.50-51)

투르는 그래서 본느프와의 유년 시절에는 여러 다른 세계로 나갈 수 있는 사거리, 즉 교차로 너머 어디엔가 있을 것 같은 아름다운 '저곳'과 늘 대치된다. 투르라는 '여기'가 없었다면 생각될 수 없는 '저곳l'ailleurs' 또는 '후배지l'arrière-pays'는 여러 곳에서 나타난다.

트와락 집 발코니에 있는 이브 본느프와

프랑스의 중앙 산악지대 근처 트와락에 있는 마을은 그 한 곳이다.

실제로 나의 유년 시절은 장소에 대한 이원성에 의해 깊이 영향을 받았다 - 형성되었다. 그중의 한 유일한 장소는 오랫동안 내게는 가치가 있는 것처럼 보였다. 나는 프랑스의 두 지역들[투르와 트와락]을 사랑했고 거부했으며 그리고 서로 대립시키곤 했다.

Car mon enfance a été marquée—structurée—par une dualité de lieux, dont un seul, longtemps, me parut valoir. J'aimais, je refusais, j'opposais deux régions de France l'une à l'autre.

(『후배지』, p.50)

본느프와가 어렸을 때 자주 갔던 트와락의 마을은 '과수원'과 강, 언덕, '계곡'들이 늘 생명력 넘치는 '빛'에 싸여 대지의 풍요로움을 보여줌으로써 가장 아름답고 '가치'가 있는 '저곳'으로 그의 뇌리에 남는다. 트와락에 의해 연상되는 '저곳'은 따라서 체험이나 무의식 등 그의 개인문화에 토대를 두는 상징적인 의미가 풍부한 곳이다.

다른 한편으로는, 실제로 풍부한 이미지들이 있었다. 우리는 아침에 도착해서 침수가 된 낮은 문을 통과하고 있었다. 그 문은 집과 교회 사이에서 담장(공원이라고들 했는데, 사실 거기에는 큰 나무들이 있었다) 쪽으로 나 있었다. 나는 오른쪽으로 빛을 향해 담장을 길게 끼고서 골짜기를 굽어보고 있는 과수원 안쪽으로 뛰어가곤 했다. 거기서는 아마도 과일들이 익기 시작했었을 것이다.

D'autre part, en effet, des images de plénitude. Nous arrivions, au matin, nous franchissions la porte basse, délavée, qui donnait sur l'enclos(on disait le parc, il est vrai qu'il y avait de grands arbres) entre la maison et l'église, et je courais au fond du

verger qui le prolongeait à droite vers la lumière et dominait la
vallée. Là sans doute des fruits avaient commencé à mûrir.

(『후배지』, p.51)

　　'저곳'은 또한 본느프와가 여행하면서 보았거나 또는 그림들에서
본 이집트나 이탈리아의 아름다운 도시들 경치에서도 나타난다. 그
에게서 특히 경치 그림은 인간과 자연과의 교감을 시도함으로써
인류 문화에 대한 감상자의 형이상학적인 인식을 유발한다. 그가
'저곳'의 추구를 그림 탐색과 함께하는 이유는 바로 여기에 있다.
피에로 델라 프란체스카Piero della Francesca의 그림 『프레데릭 드
몬테페트르와 바티스타 스포르자의 이면화 *Diptyque de Frédéric de
Montefeltre et de Battista Sforza*』(1472년 이후 제작)에서 그가 느끼는
'저곳'은 실제로 인류에 형이상학의 어떤 문화적 근원이 되는 장소
처럼 무한히 열려 있는 광활한 세계다. 이 장소에서 상기되는 '저
곳'은 자연풍경에 따라 현실적으로 보이는 곳에 있다.

『프레데릭 드 몬테페트르와 바티스타 스포르자의 이면화』

다른 한편으로 '저곳'은 본느프와의 환상적인 상상의 꿈과 어우러진 장소이기도 해서 지리적 환경에 대한 그의 논리적인 지식에 입각해서는 추구될 수 없는 곳도 된다. '저곳'이 환상 속에서 더 존재가치가 있다면, 이 장소에 도달하려는 그의 갈망은 오히려 절망으로 바뀔 수 있다. 그가 『후배지 L'Arrière-pays』라는 책 뒷부분에 복잡하게 얽혀 있는 길을 상징하는 중세의 조각 작품 『미로 Le Labyrinthe』를 실은 것은 '저곳'에 대한 그의 갈망과 절망이 계속 반복되어 그가 미궁에 빠진 것을 암시하기 위한 것일 수도 있다.

『미로』, 산 마르티노 성당

아무튼 그의 시는 '저곳'에 대한 갈망을 끊임없이 펼친다. '나무들과 돌들의 그림자'와 함께 '강물'은 '가깝고도 먼 저곳'에 있는 듯한 잃어버린 땅, '제2의 땅'을 찾기 위해 계속 흘러간다.

〈강〉

그리고 그대 이번에는 바로 일어나네
그대에게서 떠나지 않는 이 여름 속에서.
또다시 가깝고도 먼 어떤 다른 곳의 이 소리;
그대는 흔들리는 겉 창문으로 가지만… 밖에는, 바람 한 점 일지 않고.
밤의 사물들도 부동이네
빛 속에 돌출된 물처럼.
보렴.
나무와 발코니 난간.
허공에 칠해진 것 같은 평평한 표면.
골짜기 속 맑은 청색 유리 덩어리들.
그들이 겨우 가볍게 흔들리는 것을. 아마도 강물 위에 비치는
다른 나무들과 다른 돌들의 그림자인 듯하네.

〈Le fleuve〉

Et tu te lèves une éternelle fois
Dans cet été qui t'obsède.
A nouveau ce bruit d'un ailleurs proche, lointain;
Tu vas à ce volet qui vibre… Dehors, nul vent,
Les choses de la nuit sont immobiles
Comme une avancée d'eau dans la lumière.
Regarde,
L'arbre, le parapet de la terrasse,
L'aire, qui semble peinte sur le vide,
Les masses du safre clair dans le ravin,
A peine fremissent–ils, reflet peut–être
D'autres arbres et d'autres pierres sur un fleuve.

(『한계의 환상 속에서』, p.253)

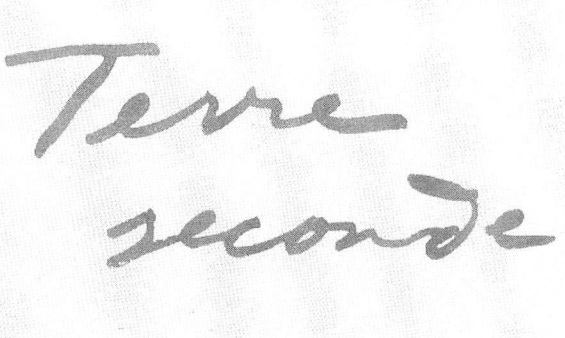

Château de Ratilly Treigny Yonne
4 juillet - 12 septembre 1976   tous les jours 9 - 19 h

『제2의 땅』

　환상의 장소이든 현실의 장소이든, '저곳'은 항상 무엇인가를 숨기고 있는 것 같은 유혹의 장소다. '저곳'이 현실의 장소일 때는 그 '입구'가 황혼 빛에 싸이며 자꾸 연장됨으로써 그곳의 매력이 더해질 때도 있다. 빛의 작용이 변신의 힘을 발휘해 거기에 도착할 수 있으리라는 희망을 계속 가질 수 있게 한다. '저곳'에 도착할 수 있다는 희망의 연장, 이는 이 장소가 완전히 망각된 어떤 것의 실체를 찾아내 세계의 진리를 구현하기 위한 과정에서 계속 추구되는 곳임을 뜻할 수 있다. 진리가 구현되는 장소는 이상적이고 자연스러운 '단순함'을 지니는 '진정한 장소vrai lieu'로 불린다. 이 장소는 황혼 빛과 어둠의 물질들이 출현하고 사라지는 과정에서 또는 구름 물질들이 모이고 흩어지는 과정에서 반대되는 두 장소, 즉 '저곳'과 '여기'가 서로 지워지며 잠시 만나게 되는 그 지점일 수 있고 그래서 시간과의 밀접한 관련 속에서 장소의 존재론적인 현존성이 충만된 곳이다. 유일한 현존의 '참된 장소'가 나타나게 되는 이런 변증법적인 상황은 의미들의 모이는 힘과 흩어지는 힘을 반복 작용하게 하면서 불분명한 의미들을 생산하는 문장들이 물질들을 이미지화하기 때문에 온다. 그런 이미지를 지닌 '진정한 장소'는 마치 인간의 현실적인 의식의 심연에 내재한 듯한, 쓸쓸하게 '가시덤불'로 뒤덮인 '풀밭', 이 '풀밭 속 우물' 옆 '지금 여기'에도 있을 수 있다. 그 장소는 '녹슨 철'이 침묵하고 '두 개의 하늘'이 '지금 여기서' '하나'로 되는 가장 본질적인 '영원성의 나라'다.

〈우물, 가시덤불들〉

하지만 우리는 도로들에서 멀리 떨어져 불침번을 서는 이 우물들을 좋
아한다
실제로 우리는 서로 물어본다 누가 그들을 향해 오는지
가시덤불들로 막히고 그 편암판석들이 만드는
이런 일종의 궁륭으로 이루어진 풀밭 속에서
덤불들 위로, 영원한 것만을 알고 있는
나라가 시작되는 바로 그곳에서;
누가 오늘도 우물들 옆에 멈춰 서는지,
누가, 또 하나 다른 세상에서, 그것들을 파고 몸을 기울이는지.
녹슨 철은 반항하며 큰 소음을 내고
그 후, 두 개의 하늘을 갈라놓는 철판이
돌 위로 다시 떨어질 때 무거운 침묵을 한다.

〈Le puits, les ronces〉

Mais nous aimons ces puits qui veillent loin des routes
Car nous nous demandons qui vient vers eux
Dans les herbes barrées de ronces, attirés
Par ces sortes de dômes que font leurs lauzes
Au-dessus des buissons, là où commence
Le pays qui ne sait que l'éternel;
Qui s'arrête auprès d'eux aujourd'hui encore,
Qui les ouvre et se penche, en un autre monde.
Le fer rouillé résiste, il fait grand bruit
Puis grand silence quand retombe sur la pierre
La tôle qui sépare les deux ciels.

(『빛 없이 존재했던 것 *Ce qui fut sans lumière*』, p.36)

'진정한 장소'가 그처럼 본느프와의 문학세계에서 중요한 부분이

듯이, '진정한 몸vrai corps'도 사색되어야 할 중심 주제다. 그의 시집 『두브의 동과 부동에 대해』에서 나오는 두브라는 여자가 이를 생각하게 한다.

3
두브의 모험

두브라는 여자 인물이 나오는 시집 『두브의 동과 부동에 대해』는 '연극'이라는 그 첫 번째 장이 암시하듯이 총 5막으로 짜인 한 희곡처럼 이야기를 전개시키고 있다. 배우들은 두브를 주인공으로 해서 불도마뱀과 불사조, 곤충 등의 동물들로 구성된다. 두브를 중심으로 이 동물들이 1막에서 5막까지 존재의 삶과 죽음 문제를 밝히기 위해 연기한다.

시에서 처음 시작부터 두브의 주변은 '추위'와 '바람' 그리고 지옥의 사자 같은 '벼락' 등 어두운 이미지들로 가득 차 있다. 어둠의 세계는 그녀 속에서 죽음의 잠재성이 커져 가고 있음을 이미 암시한다. 두브는 이 어둠의 세계가 자기에게 몰고 오는 죽음을 피하지 않고 오히려 온 힘을 다해 그와 대치하고 투쟁을 하며 그것을 '즐기기'까지 한다.

〈연극. Ⅰ〉

나는 그대가 발코니 위에서 달리는 것을 보고 있었지.
나는 그대가 바람과 싸우는 것을 보고 있었지.
추위가 그대 입술 위에서 피를 흘리고 있었지.

그리고 나는 보았지 그대가 부서지며 오 벼락보다 더 아름답게 죽어 감을
즐기는 것을. 벼락이 그대의 피로 하얀 유리창들을 얼룩지게 할 때.

〈Théâtre. Ⅰ〉

Je te voyais courir sur des terrasses,
Je te voyais lutter contre le vent,
Le froid saignait sur tes lèvres.

Et je t'ai vue te rompre et jouir d'être morte ô plus belle
Que la foudre, quand elle tache les vitres blanches de ton sang.

(『두브의 동과 부동에 대해』, p.45)

두브가 '바람'과 '추위' 속에서 죽음과 벌이는 투쟁은 사회적인 인간의 측면에서 보면 그녀가 하나의 피조물인 동물로서 자기 몸 속에 흐르는 '피'를 분출시키며 스스로 해체되고 그로써 기존의 이념적인 사회체제나 현대문화의 불순한 찌꺼기를 버려 버리는 기쁨을 향유하는 것일 수 있다. 그녀의 이런 해체의 몸짓은 자기표현을 하기 위해 전위적인 방법을 쓰는 '상황주의적인' 입장에 의거하는 것 같기도 하다. 실제로 그녀가 있는 시집 『두브의 동과 부동에 대해』가 나온 1953년은 정치나 문학 또는 예술 분야에서 전위운동이 일어날 1950년대 후반을 예고하는 시기이다.

아직 살아 있는 그녀의 몸 위에서는 그녀의 죽음을 막는 것이 아니고 오히려 그 죽음을 재촉하는 듯 곤충들과 '불도마뱀'이 '기뻐하는 불사조'의 지휘 아래서 살풀이 연주를 하는 것 같다.

〈연극, X〉

나는 누워 있는 두브를 본다. 육체의 공간 위에서 나는 그녀가 어렴풋이 내는 소리를 듣는다. 두브의 두 손이 펼쳐지고 살이 흐트러져 나간 뼈들이 둔중한 거미가 밝혀 주는 회색빛 거미줄 집으로 변하는 그 공간을 가로질러 가며 검은 왕자들은 그들의 주둥이들을 빨리 움직인다.

〈Théâtre, X〉

Je vois Douve étendue. Au plus haut de l'espace charnel je l'entends bruire. Les princes-noirs hâtent leurs mandibules à travers cet espace où les mains de Douve se développent, os défaits de leur chair se muant en toile grise que l'araignée massive éclaire.

(『두브의 동과 부동에 대해』, p.54)

〈불사조〉

새는 우리의 머리들 앞으로 마중 나오리라.
피의 어깨가 그를 위해 우뚝 서리라.
그는 기뻐하며 날개를 접으리라 그대가 그에게
봉헌할 그대의 육체 이 나무의 꼭대기 위에서.

〈Phénix〉

L'oiseau se portera au-devant de nos têtes.

Une épaule de sang pour lui se dressera.
Il fermera joyeux ses ailes sur le faîte
De cet arbre ton corps que tu lui offriras.

(『두브의 동과 부동에 대해』, p.75)

〈불도마뱀, Ⅰ〉

"협소한 생명, 네 속에 나는 잠기기를 원한다.
공허한 섬광이여, 내 입술 위로 달려와 내게 스며들거라!

나는 앞 못 보게 되어 대지에 내 몸을 맡기고 싶다. 나는 어떤 차가운
이빨들이 나를 사로잡는지 더 이상 알고 싶지 않다."라고 두브는 외친다.

〈La salamandre, Ⅰ〉

≪Je veux m'abîmer en toi, vie étroite, crie Douve.
Éclair vide, cours sur mes lèvres, pénètre-moi!

J'aime m'aveugler, me livrer à la terre. J'aime ne
plus savoir quelles dents froides me possèdent.≫

(『두브의 동과 부동에 대해』, p.96)

〈불도마뱀, Ⅱ〉

내 손가락 밑으로 화염 덩어리와 입술들의 다툼을 느끼며: 나는 네
가 내게 미소 짓는 것을 보고 있었지. 그런데 네 속에 있는 잉걸불의
그 대낮 같은 빛이 내 눈을 멀게 했지.

〈La salamandre, Ⅱ〉

Éprouvant sous mes doigts le débat du brasier et

des lèvres: je te voyais me sourire. Or, ce grand jour en toi des braises m'aveuglait.

(『두브의 동과 부동에 대해』, p.97)

두브의 '살과 뼈'를 발라먹는 '검은 왕자들'인 곤충들과, '날갯짓' 하며 그녀의 몸을 탐식하러 오는 '불사조', 그리고 꿈틀거리며 '차 가운 이빨'로 그녀의 상처를 쓰다듬는 '불도마뱀', 이 동물들의 오 케스트라에 의한 죽음의 향연은 동양의 전통적인 제례의식을 상기 시키기도 한다. 그러나 다른 한편으로 보면, 이들의 식탐을 인내심 을 가지고 의연하게 견디며 죽어 가는 두브의 몸짓은 다분히 스토 아 철학에서 말하는 '금욕주의적인' 태도라 할 수 있을 것이다. 또 는 '메두사'처럼 해체되는 그녀의 모습은 심리 면에서 보면 프로이 트Freud의 정신심리요법적인 분석을 요구하는 것이기도 하다. 그녀 의 그런 파괴되는 몸짓은 결국 자신에 대한 몸의 번민을 통과하면 서 인간 존재의 유한성을 극복하기 위한 것이다. 실제로 자기 몸을 태우는 '불사조'와 불 속에서도 사는 '불도마뱀'의 등장은 이 동물 들이 당장은 두브를 죽게 하고 있지만 시의 은유적 방법을 통해 곧 두브 자신이 될 것이고 그로써 그녀가 "나는 살아 있다."라고 외치 며 불멸의 삶을 살리라는 것을 예고하는 것일 수 있다. 이 점에서, 동물들이 그녀에게 하는 그 모든 죽음의 합주는 인류의 집단 무의 식 속에 잠재되어 있는 원초적이고 보편적인 갈망, 즉 인류의 불멸 하려는 희망을 그녀를 통해 실현하려는 한 원형적 추구의 의례라 고 할 수 있다.

죽음을 견디며 인간의 유한한 삶에 대항하는 두브의 그런 존재

론적인 모험행위는, 그녀를 지키는 '나무들'과 북을 두드리며 관능
적인 춤을 추다 지쳐 버린 바커스 신의 무녀 '메나드'의 생존행위
들과도 유사하다.

〈나무들에게〉

그녀가 지나는 길 위에서 사라지며,
그녀 위에서 그대들의 길을 다시 막아 버렸던 그대들,
죽어서도 두브는 여전히 아무것도 아닌
빛이 되리라는 것을 냉정하게 보증하는 자 그대들.

섬유질의 물질이고 조밀하게 짜인 그대들,
보잘것없는 굶주림과 추위와 침묵으로
입을 꼭 다문 채 죽은 자들의 작은 배에
그녀가 몸을 던졌을 때 내 곁에 있던 나무들이여.

그대들을 통해 나는 듣는다 그녀가 어떤 대화를
개들과 형체 없는 뱃사공과 시도하는지를.
그토록 많은 밤을 통과하고 그리고 이 온 강물의 흐름에도 불구하고
앞으로 나아가는 그녀에 의해 나는 그대들의 것이 된다.

그대들 가지 위로 굴러 떨어지는 우레와 같은 천둥,
그가 한여름에 타오르게 하는 축제들은
그대들의 엄격한 중재 속에서
그녀가 자신의 운명을 나의 운명에 결속시킴을 의미한다.

〈Aux arbres〉

Vous qui vous êtes effacés sur son passage,
Qui avez refermé sur elle vos chemins,
Impassibles garants que Douve même morte

Sera lumière encore n'étant rien.

Vous fibreuse matière et densité,
Arbres, proches de moi quand elle s'est jetée
Dans la barque des morts et la bouche serrée
Sur l'obole de faim, de froid et de silence.

J'entends à travers vous quel dialogue elle tente
Avec les chiens, avec l'informe nautonier,
Et je vous appartiens par son cheminement
A travers tant de nuit et malgré tout ce fleuve.

Le tonnerre profond qui roule sur vos branches,
Les fêtes qu'il enflamme au sommet de l'été
Signifient qu'elle lie sa fortune à la mienne
Dans la médiation de votre austérité.

(『두브의 동과 부동에 대해』, p.65)

〈유일한 증인, Ⅰ〉

자신의 머리를 맡긴 채 바다의
낮은 불길에, 자신의 두 손을 잃어버린 채
그 불안한 깊은 곳에서, 던져 버린 채
물의 물질계에 자신의 머리털을;
죽은 채, 죽는다는 것은 빛 속으로
수직의 이 길이기 때문.
죽은 것처럼 여전히 취한 채: 소진된 메나드여,
강하나 부정한 환희, 오 나는
그대가 말하곤 했던 그대의 표적인 열기 또는 바위들이었고
또는 모래밭이었던 그대 죽음의 이 올가미에
빠진 유일한 짐승, 유일한 증인이었네.

〈Le seul témoin, I 〉

Ayant livré sa tête aux basses flammes
De la mer, ayant perdu ses mains
Dans son anxieuse profondeur, ayant jeté
Aux matières de l'eau sa chevelure ;
Étant morte, puisque mourir est ce chemin
De verticalité sous la lumière,
Et ivre encore étant morte : ô je fus,
Ménade consumée, dure joie mais perfide,
Le seul témoin, la seule bête prise
Dans ces rets de ta mort que furent sables
Ou rochers ou chaleur, ton signe disais-tu.

(『두브의 동과 부동에 대해』, p.67)

이처럼 광란의 몸짓으로 춤을 추다가 지쳐서 술에 '취한 듯' 죽음의 '환희' 속에 빠진 '메나드'의 삶은 죽음과 대치하면서도 오히려 죽음을 즐기는 두브의 삶과 어울린다. 한편 '나무들'은 마치 우주의 법칙에 따라 하늘의 무게를 지탱해야만 하는 운명을 타고난 듯이 자신들의 '가지'를 치는 죽음의 신, '천둥'까지도 견딤으로써 두브가 죽음과 대결하듯이 그렇게 산다. 두브의 삶이 '나무'라는 물질과 그리고 '메나드'라는(신화 인물이지만) 존재의 삶들과 교감을 하는 이런 상징성은 시가 두브라는 존재를 사물과 그리고 타인의 존재성과 관련시키며 그녀의 의식과 무의식 면을 포함하는 그녀의 모든 정신세계를 탐색하려는 데서 온 것이라 할 수 있다. 실제로 헤겔Hegel이 말하는 '정신의 삶'이 시집 『두브의 동과 부동에 대해』의 제사(題詞)로 인용된 것은 그녀가 죽음과 대치할 때 이루어지는 바로 그런 상황을 암시하기 위한 것이다. 인간의 정신 속에서 인간을 특징지을 수 있는 가장 본질적인 것을 찾아내려는 헤겔의 정신현상학을 상기시키고 그러면서도 동시에 나무나 바람, 동물 등 외부적인 자연세계도 인지하게 함으로써 본느프와의 시들은 자연현상을 무시하고 이념적인 세계 속에서만 정신을 인식하는 합리주의적인 관념론을 결국 배제한다.

죽음과 대결하는 두브는 이념적 논리에 따라서만 인간의 정신세계를 파악하는 합리주의적인 관념적 사고방법으로 이해할 수 있는 존재가 아닌 만큼 이성으로 설명될 수 없는 면을 지닌다. 말하자면, 감각적인 그녀의 육신을 완전히 해체시켜 결국은 사라져 버리게 하는 죽음이 역설적으로 그녀가 '정화된 진정한 몸'을 획득하게 되는 수단이 된다.

〈진정한 몸〉

입은 다물어지고 얼굴은 씻기어져
몸은 정화되고. 이 빛을 발하는 생
언어의 땅에 묻혀.
가장 낮은 곳에서의 결혼이 행해졌다.

이 눈들이 막힌 채.
우리가 험상궂게 갈라졌다고
내 앞에서 외치던 이 목소리를 죽여라: 나는 껴안는다
나와 함께 자아의 탐욕 속에 갇혀 죽은 두브를.

그리고 그대의 존재로부터 올라오는 추위가 아무리 크다 해도.
우리 결빙의 친밀한 관계가 아무리 불타오른다 해도.
두브여, 나는 그대 속에서 말한다; 나는 그대를 꼭 껴안는다

알고 명명하는 행위 속에서.

〈Vrai corps〉

Close la bouche et lavé le visage.
Purifié le corps, enseveli
Ce destin éclairant dans la terre du verbe.
Et le mariage le plus bas s'est accompli.

Tue cette voix qui criait à ma face
Que nous étions hagards et séparés.
Murés ces yeux: et je tiens Douve morte
Dans l'âpreté de soi avec moi refermée.

Et si grand soit le froid qui monte de ton être.
Si brûlant soit le gel de notre intimité.
Douve, je parle en toi; et je t'enserre
Dans l'acte de connaître et de nommer.

(『두브의 동과 부동에 대해』, p.77)

　두브의 죽은 몸이 '빛을 발하는 참된 몸'이 된다면 이는 삶과 죽음의 경계, 즉 현세에 머무는 유한성과 내세에 이르는 무한성의 경계가 없어진다는 것을 뜻한다. 사는 것이 죽는 것이고 죽는 것이 사는 것이 된다. 두브라는 한 존재에 국한되는 특수한 몸이, 해체되면서 모든 인간들 저 너머에 있는 보편적인 세계를 획득한 것이다. 감각적인 몸의 죽음을 체험함으로써만 얻게 되는 그녀의 '진정한 몸'은 곧 그녀 삶의 부활을 의미한다. 그녀가 재창조되는 힘을 갖게 된 것은 본질적으로는 시의 '참된 말'에 의해서다. 다시 말하면, 시가 그녀의 죽어 가는 현실을 개념화하지 않고 현재 시간 속에서 매 순간 주체로서의 그녀의 현존성을 명백히 '명명'하려는 과정에서 그녀는 '진정한 몸'을 갖게 된다.

죽은 두브의 부활은 동양적 사고방식으로 생각하면 삶이 다시 반복되는 윤회의 양상이라고 할 수 있다. 그러나 다른 한편으로 생각하면 그녀의 부활은 삶과 죽음의 대립과 화해를 통해서 변증법적으로 이루어진 현현(顯現) 또는 화신(化身)의 한 형태다.

그녀의 몸이 그렇게 새로운 삶으로 재구성되는 구체적인 장소는 '오렌지 밭'이다. 이곳에서 두브의 '심장'과 '얼굴'은 '나뭇가지들'과 함께 황혼 빛에 '검게' 불타면서 죽어 가는 마지막 몸짓을 하지만, 영원히 그녀를 소멸시켜 버릴 것 같은 죽음의 '밭'은 그녀를 새롭게 다시 태어나게 하는 '밭'으로 바뀐다.

〈오렌지 밭은 그대의 거주지가 되리라〉

오렌지 밭은 그대의 거주지가 되리라.
또 다른 빛 속에 차려진 평판 위에
그대는 심장을 눕히리라.
그대의 얼굴은 불이 붙으리라, 나뭇가지들 사이로 미끄러져 가며.

두브는 그대의 이름이 되리라 멀리 돌들 사이에서,
깊고 검은 두브.
수고가 소용없게 될 줄어들지 않는 얕은 물.

〈L'orangerie sera ta résidence〉

L'orangerie sera ta résidence.
Sur la table dressée dans une autre lumière

Tu coucheras ton coeur.

Ta face prendra feu, chassant à travers branches.

Douve sera ton nom au loin parmi les pierres,

Douve profonde et noire,

Eau basse irréductible où l'effort se perdra.

(『두브의 동과 부동에 대해』, p.104)

〈진실〉

이렇게 죽음의 고통에서까지 모인 얼굴들,
되찾은 몸 위에서 심장의 서투른 몸짓들,
그리고 쇠약해진 그대의 두 손에 맡겨진 이 몸,
그 위에서 그대는 죽네, 절대적 진실이여.

피의 냄새는 그대가 찾으려 했던 이 행복이 되리라,
오렌지 밭 위에 넘쳐흐르는 검소한 행복.
태양은 돌아가리, 그 격렬한 단말마로
모든 것이 베일을 벗었던 그곳을 비추며.

〈Vérité〉

Ainsi jusqu'à la mort, visages réunis,

Gestes gauches du coeur sur le corps retrouvé,

Et sur lequel tu meurs, absolue vérité,

Ce corps abandonné à tes mains affaiblies.

L'odeur du sang sera ce bien que tu cherchais,

Bien frugal rayonnant sur une orangerie.

Le soleil tournera, de sa vive agonie

Illuminant le lieu où tout fut dévoilé.

(『두브의 동과 부동에 대해』, p.105)

자기 몸 위에서 단순하고 '절대적인 진실'이 죽어 가는 그런 위험의 순간에 노출되어 있어도, 두브의 '심장'은 '돌아가는 태양'의 황혼 빛을 받으며 '서툴게' 다시 뛰기 시작한다. 황혼 빛에 물든 '오렌지 밭'은 그녀의 이런 '행복한 몸짓'이 서서히 다시 시작되는 곳이다. 그곳은 '되찾아진' 그녀의 몸, 즉 그녀의 '진정한 몸'이 영원히 '거주'할 수 있는 '진정한 장소'가 된다.

본느프와의 시들은 그처럼 두브와 같은 존재가 소멸하는 마지막 순간을 그가 재탄생되어 다시는 죽지 않는 환희의 순간으로 바꿈으로써 결국 죽음의 미학을 건설한다. 그의 시들에서는 두브 말고 다른 존재들이나 사물들도 불멸의 삶에 이르기 위해서 필연적으로 그들 자신을 소멸시키는 죽음과 대치를 해야만 한다. '사막'에 정박 중인 '배'도 그들 중의 하나다.

4
사막의 배

　'사막'에 정박하고 있는 '배'는 시집 『어제는 사막을 지배하며』에 나오는 것으로, 자신을 죽음으로 몰고 가는 '모래바람'에 오랫동안 투쟁하느라 녹이 슬고 파괴된 모습을 하고 있다. '배'는 자기 주변에 머무르는 현재 시간에 대해 반항하고 투쟁하는 것을 이제는 끝내 버리기 위해 오직 죽음만을 기다리는 듯하다. 하나의 실체로서의 주체성을 상실한 '배'의 이런 상황은 절망적이다.

　　〈또 다른 죽음의 기슭, Ⅱ〉

　　새는 극도의 비참으로 해체되리라.
　　그는 거짓말하고 싶지 않은 목소리 말고 무엇이었겠나.
　　자존심 때문에 그리고 오직 허무일 뿐인
　　타고난 성향 때문에, 그는 죽은 자들의 노래가 되리라.

　　그는 늙어 가리라. 벌거벗은 단단한 모양을 한 나라는
　　이 목소리의 또 다른 비탈이 되리라.
　　파도 일지 않는 곳에 은둔한 작은 배는
　　이렇게 마멸의 모래바람에 검어지고 있네.

그는 침묵을 지키리라. 죽음이 더 무겁지는 않네. 그는
존재의 무익함 속에서 남기리라 쇠로 그 날개들이 찢어진
어두운 형체의 몇 발자국들을.

그는 근엄한 빛 속에서 참으로 죽을 수 있으리라
그리고 그것은 말하는 것이리라 또 다른 어두운 세계 속에
정주한, 보다 더 행복한 한 빛의 이름으로.

〈Rive d'une autre mort, Ⅱ〉

L'oiseau se défera par misère profonde,
Qu'était-il que la voix qui ne veut pas mentir,
Il sera par orgueil et native tendance
A n'être que néant, le chant des morts.

Il vieillira. Pays aux formes nues et dures
Sera l'autre versant de cette voix.
Ainsi noircit au vent des sables de l'usure
La barque retirée où le flot ne va pas.

Il se taira. La mort est moins grave. Il fera
Dans l'inutilité d'être les quelques pas
De l'ombre dont le fer a déchiré les ailes.

Il saura bien mourir dans la grave lumière
Et ce sera parler au nom d'une lumière
Plus heureuse, établie dans l'autre monde obscur.

(『어제는 사막을 지배하며 *Hier régnant désert*』, in 『시 *Poèmes*』,
p.124)

'새'로 은유되고 있는 '배'는 죽음보다 더 '무거운 침묵' 속에서

'무익한 존재'로 머물고 있다. 그러나 이 '배'의 실제 죽음은 아직 이루어지지 않고 있다. 그래서 이 '배'가 미래에 죽음을 맞게 될지 아니면 어떤 '행복한 빛'과 함께 올 수 있는 그의 새로운 삶을 맞게 될지는 모르는 일이다. '배'가 당장 죽는 것은 아니기 때문에, 그의 미래 시간은 그가 '죽을 수도 있을' 시간으로서의 의미가 없고 오직 현재의 그의 비참한 시간에 강력하게 반항하기 위한 수단으로서만 의미를 지닌다.

사실, '배'는 죽지 않기 위해서 어느 날 닻을 올린 후 어딘가에 있을 새로운 땅으로 떠나야만 할 것이다. 그리고 그곳에서 명명식을 가진 후 그가 신고 있는 '사막'의 '모래'자루를 열어야 할 것이다. 실제로 '차가운 밤'의 '사막'에서 '배'는 조급하게 '서두르며' 다가오는 '빛들'의 힘으로 '추위'의 시련을 견디면서 '그대'와 함께 또 하나의 다른 '해안'을 향해 '나아가고' 있다.

〈또 다른 죽음의 기슭, Ⅲ〉

모래는 처음에는 있지 이 차가운 바람에 밀려
끔찍한 종말이 되기라도 할 듯이.
그대는 말했지. 그토록 많은 별들의 종착역은 어디냐고.
우리는 왜 이 차가운 곳으로 나아가느냐고?

그리고 마치 밤은 존재하지 않는 냥
우리는 가면서 왜 그렇게 헛된 말들을 하느냐고?
거품 행렬에 더 가까이 걸어가
또 다른 추위의 문턱에서 우리가 모험을 하는 편이 더 낫네.

우리는 언제나 가고 있었네. 서두르는 빛들이

멀리서 우리를 위해 위풍당당한 추위를 감당하고 있었네
- 한참 동안 보이고 그리고 우리가 알지 못하는 말들로
말해지는 해안이 조금씩 커져 가고 있었네.

〈Rive d'une autre mort, Ⅲ〉

Le sable est au début comme il sera
L'horrible fin sous la poussée de ce vent froid.
Où est le bout, dis-tu, de tant d'étoiles,
Pourquoi avançons-nous dans ce lieu froid?

Et pourquoi disons-nous d'aussi vaines paroles,
Allant et comme si la nuit n'existait pas?
Mieux vaut marcher plus près de la ligne d'écume
Et nous aventurer au seuil d'un autre froid.

Nous venions de toujours. De hâtives lumières
Portaient au loin pour nous la majesté du froid
- Peu à peu grandissait la côte longtemps vue
Et dite par des mots que nous ne savions pas.

(『어제는 사막을 지배하며』, p.125)

　'알지 못하는 말들'이 통용되는 미지의 새로운 '해안'으로 '가기'
위해서는, '배'는 '알려는' 욕망에서 벗어날 필요가 있다. 말들을
통해서 무엇인가를 '안다'는 것은 감각세계를 개념화해서(앞장에서
두브의 경우에도 이런 개념화를 언급했다) '거짓으로' 만들 우려가
있기 때문에 현실은 흔히 진실이 왜곡된 상황 속에 있게 된다. '추
위'와 '바람'에 대항하는 '배'의 투쟁은 그런 '알려는' 욕망도 없고
그래서 개념화로부터 오는 절망도 없는 '참된' 현실을 건설하기 위

한 시의 투쟁을 상징한다고 할 수 있다. 시는 '헛된 말들'과 끊임없이 투쟁을 해서 '배'와 같은 눈에 보이는 사물로 하여금 순수한 그 본래의 실체를 갖게 하고 그로써 사물을 영원히 미지의 세계에 머물게 하려고 한다. '미완성인 것'이 결과적으로 곧 '완전한 것'이 되는 것이다. '하나'밖에 없는 이런 완성의 단계에 사물을 이르지 못하게 하면 시의 명명작업은 환상 속에서의 행보일 뿐이다. 그 시가 들어 있는 시집『어제는 사막을 지배하며』에서 제사(題詞)로 쓰인 히페리온Hypérion의 말, 즉 "그대는 하나의 세계를 원한다 Tu veux un monde"라는 말은 '배'의 이미지들을 통해 시의 바로 그런 희망을 예고하는 것이라 하겠다.

'사막'에 묶인 채 '추위'와 '모래'바람으로 '석탄처럼 검게' 파괴되어 죽어 가던 '배'는 그런 '하나'밖에 없는 완전한 단계에 도달한다. '배'가 '가려고' 하던 '해안'과 이곳에 있을 '숲'이 그 완성 단계의 장소를 상징할 수 있다. '배'는 특히 이 '숲'에서 실제로 새 생명을 얻게 된다.

〈하나의 목소리〉

대지 위 오래된 초목들의 검게 탄 미소,
석탄처럼 검은 낮의 종족,
내가 푸르게 지나가는
기억의 나뭇잎 아래로
이 숲 속에서 내가 다시 살아나는 것을 들어 보렴.

내가 다시 살아나는 것을 들어 보렴, 나는 그대를 데리고 간다
저녁에 버려진 곳 그리고 그림자들이 덮고 있는 곳,
그대를 위해 새로운 사랑 속에서 살 수 있는 곳.

현존의 뜰로.

어제는 사막을 지배하며, 나는 야생의 나뭇잎이었고
자유롭게 죽을 수 있었다.
하지만 골짜기들의 검은 탄식, 시간은 굵게 하고 있었다,
낮의 돌들 속에서 물의 상처를.

⟨Une voix⟩

Écoute—moi revivre dans ces forêts
Sous les frondaisons de mémoire
Où je passe verte,
Sourire calciné d'anciennes plantes sur la terre,
Race charbonneuse du jour.

Écoute—moi revivre, je te conduis
Au jardin de présence,
L'abandonné au soir et que des ombres couvrent,
L'habitable pour toi dans le nouvel amour.

Hier régnant désert, j'étais feuille sauvage
Et libre de mourir,
Mais le temps mûrissait, plainte noire des combes,
La blessure de l'eau dans les pierres du jour.

(『어제는 사막을 지배하며』, p.166)

　'숲' 속에서 '푸르게 다시 살아나게 된 배'는 총체적인 '진정한
삶', 즉 '현존'의 삶을 획득한다. '배'는 결국 고통스러운 죽음과 부
활이라는 대립된 상황을 거치며 단련되는 삶의 과정, 말하자면 연
금술적인 삶의 과정을 통과한 것이다. '배'의 이런 상황은 본느프

와의 시들이 다분히 행동주의적인 방향을 취하고 있음을 말해 준다. '배'는 물론 움직이지 않고 있지만, 시집『두브의 동과 부동에 대해』에서의 두브처럼, 언어의 힘 속에서 반복되는 소멸과 재생의 역동적인 과정을 통과하고 있기 때문이다.

시집『어제는 사막을 지배하며』에서 표현된 '배'를 중심으로 한 그런 이미지들은 시집『쓰여진 돌』에 나오는 '돌'들에게로 이전되는 듯하다. 이 후자 시집은 한 척의 '배'와는 다른 여러 '돌'의 다양한 양태를 보여주며 그들의 참된 현존성을 파악하려 한다.

5
돌들의 외침

    시집 『쓰여진 돌』에서 시들은 흔히 의인법을 쓰면서 다양한 조건에 놓인 '돌'들의 고유한 속성을 규명하려 한다. 수사학적인 면에서 의인화를 사용하는 것은 절대적인 가치를 지니는 인간의 조건에 입각해서 '돌'들의 가치를 평가하기 위한 것이기 때문에, '돌'들은 추상적인 개념 속에 머물지 않고, 죽어 가기는 하지만 개성을 지니는 인격체들이 된다. 우주 만물의 왕과 같은 그런 존재들로서 '돌'들은 그들의 현존성을 확립하려는 듯하다. 이런 상황을 통과하는 '돌'들이 앞서서 그들의 죽음을 맞이하게 될 때, 그들은 흔히 자연물질들로부터 솟아나는 상징이나 또는 인위적인 상황에 의해 그렇게 된다. 첫 경우의 예가 되는 시들 중에서 우선 그 하나를 본다.

〈하나의 돌〉

나는 꽤 아름다웠지.
생명의 낯이 이처럼 나와 유사할지도 모른다네
하지만 가시덤불이 내 얼굴을 앗아가네,
돌이 내 몸을 짓누르네.

가까이 오려무나,
검은색 줄무늬가 나 있는 수직의 하녀여.
그래 그대의 얼굴이 길게 뻗고 있네.

내뿜어라 나의 순수한 힘을 끓어오르게 하는
우유빛 어둠을.
내게 충실해 다오,
아직도, 하지만 불멸의 유모여.

〈Une pierre〉

Je fus assez belle.
Il se peut qu'un jour comme celui—ci me ressemble
Mais la ronce l'emporte sur mon visage,
La pierre accable mon corps.

Approche—toi,
Servante verticale rayée de noir,
Et ton visage court.

Répands le lait ténébreux, qui exalte
Ma force simple.
Sois—moi fidèle,
Nourrice encor, mais d'immortalité.

(『쓰여진 돌 *Pierre écrite*』, in 『시 *Poèmes*』, p.206)

이 시에서 '돌'은 '가시덤불'이나 또 다른 '돌', '수직의 하녀' 그리
고 '우웃빛 어둠'과 같은 자연물질들 속에서 자신의 존재 양태를 표현
하고 있다. 자신과 같은 물질인 다른 '돌'에게 '짓눌리고' 또 '가시덤
불'에 찔리면서도 '돌'은 자기 존재의 '순수함'을 잃지 않으려고 한다.

그 '돌'과 또 다른 식으로 자연 속에서 시련을 겪는 '돌'이 있다.

〈하나의 돌〉

이 년 또는 삼 년 동안,
나는 충분하다고 느꼈네. 천체들과
강들과 숲들은 나와 같지 않았네.
달은 비늘 모양의 장식을 하고 있었네 나의 잿빛 드레스 위에서.
푸르스름하게 무리 진 나의 두 눈은
그 그림자 궁륭들 아래로 대양을 비추고 있었네.
그리고 패배한 두 눈을 지니고, 내게 이르지 못하는 외침들이 있는
이 세상보다 더 넓었네 나의 머리는.

밤 짐승들이 울부짖고 있네, 이는 나의 여정.
검은 문들이 닫히네.

〈Une pierre〉

Deux ans, ou trois,
Je me sentis suffisante. Les astres,
Les fleuves, les forêts ne m'égalaient pas.
La lune s'écaillait sur mes robes grises.
Mes yeux cernés
Illuminaient les mers sous leurs voûtes d'ombre,
Et mes cheveux étaient plus amples que ce monde
Aux yeux vaincus, aux cris qui ne m'atteignaient pas.

Des bêtes de nuit hurlent, c'est mon chemin.
Des portes noires se ferment.

(『쓰여진 돌』, p.208)

'달빛'에 벗겨지고, 어둠 속에서 '울부짖고 있는 짐승들'에게 시달리는 이 '돌'은 자연이 그에게 주는 험난한 '여정'에 순응하는 듯하다. 자연 속에서 죽어 간다고 외치는 또 다른 '돌'의 상황은 이렇다.

〈하나의 돌〉

불 하나가 우리 앞에서 가고 있다.
나는 이따금 언뜻 본다 그대의 목덜미를, 그대의 얼굴을,
그 다음에는 횃불만을,
불덩어리만을, 죽은 자들의 드높은 물결만을.

황혼의 빛 속에서
불꽃으로부터 그대를 떼어놓는 재,
오 현존이여,
그대의 은밀한 궁륭 아래로 우리를 맞아들여라
어두운 축제를 위하여.

〈Une pierre〉

Un feu va devant nous.
J'aperçois par instants ta nuque, ton visage,
Puis, rien que le flambeau,
Rien que le feu massif, le mascaret des morts.

Cendre qui te détaches de la flamme
Dans la lumière du soir,
O présence,
Sous ta voûte furtive accueille-nous
Pour une fête obscure.

(『쓰여진 돌』, p.232)

여름 태양의 '불덩어리' 아래에 놓인 이 '돌'은 자신에게 다가오는 죽음을 '황혼 빛' 그늘 속에서 피해 보려고 한다. '돌'은 그에게 죽음을 주는 바로 그 자연의 위력으로 그의 고통을 벗어나려 한다.

그리고 한여름 더위에 갈증으로 죽어 가며 '비'를 오게 해 달라고 자연에게 호소하는 '돌'도 있다.

〈하나의 돌〉

　내려라, 하지만 부드러운 비여, 얼굴 위에.
　꺼라, 하지만 천천히, 몹시도 가련한 기름 등잔불을.

〈Une pierre〉

　Tombe, mais douce pluie, sur le visage.
　Éteins, mais lentement, le très pauvre chaleil.

(『쓰여진 돌』, p.210)

뜨거운 '돌'이 '비'를 기다리는 것은 대립되는 물과 불의 반대적 속성들이 '하나'로 완전히 융합될 수도 있다는 것을 상징한다. '돌'은 따라서 자신을 죽음으로 몰고 가는 불과 같은 자연으로 하여금 형이상학의 일원론적인 세계를 실현하는 데 참여하게 하려고 한다.

앞에서 본 그 모든 시에서 '돌'들은 모두 자연물질들에 의해 소멸되고 있다. 반면에, 어떤 '돌'은 거의 모든 것이 인위적으로 이루어지는 산업사회의 잔해가 되어 죽어 간다.

〈하나의 돌〉

그대의 다리, 아주 칠흑 같은 밤,
그토록 검은
묶인 그대의 가슴, 나는 잃어버렸는가 두 눈을,
끔찍한 내 시력의 신경들을
돌보다도 더 가혹한 이 어둠 속에서,
오 내 사랑?

빛 한복판에서, 나는 없앤다
먼저 가스 불로 금이 간 내 머리를,
다음은 모든 나라들과 함께 내 이름을,
오직 똑바로 있는 나의 손들만이 끈질기게 지켜진다.

행렬 선두에서 나는 쓰러졌다
신도 없이, 들을 수 있는 목소리도 없이, 잘못도 없이,
고함치는 삼위일체의 짐승.

〈Une pierre〉

Ta jambe, nuit très dense,
Tes seins, liés,
Si noirs, ai-je perdu mes yeux,
Mes nerfs d'atroce vue
Dans cette obscurité plus âpre que la pierre,
O mon amour?

Au centre de la lumière, j'abolis
D'abord ma tête crevassée par le gaz,
Mon nom ensuite avec tous pays,
Mes mains seules droites persistent.

En tête du cortège je suis tombé

Sans dieu, sans voix audible, sans péché,
Bête trinitaire criante.

(『쓰여진 돌』, p.209)

'가스 불'로 '금'이 간 후 잘린 '돌'은 산업화된 사회에서 공장 건설용 등으로 쓰이는 것일 수 있다. '돌'은 따라서 자연을 훼손하는 현대사회의 허점을 말해 주면서 동시에 그 자체는 유익한 물질이 되고 있다.

그런데 그 '돌'은 다른 한편으로 보면 위박Raoul Ubac의 『잘린 청석돌 *Ardoise taillée*』을 상기시키기도 한다. 실제로 본느프와는 이 예술가의 작품들 전시를 위해서 그가 쓴 「라울 위박의 결정들 Les décisions de Raoul Ubac」이라는 글에서, 그 작품을 '돌'에 대한 그 시가 들어 있는 시집 『쓰여진 돌』과 관련시킨다. 그의 관점에서 보면,

『잘린 청석돌』

위박은 정신을 완전히 개방한 상태에서 오로지 그의 감각적인 시선과 손만으로 '돌'을 끌로 부수어서 작품을 만든 것이다. 비록 그가 일부러 '돌'을 잘라서 만들기는 했어도, 작품은 그래도 '돌'이라는 물질 속에 예술가의 어떤 기교도 침투되어 있지 않은 순수함을 지니고 있고, 또 사물로서의 '돌' 자체와 '돌' 스스로가 만드는 공간성 간의 상호작용을 있는 그대로 보여준다. 제시된 시에서의 그 '돌'은 위박의 이런 『잘린 청석돌』과 아주 같다고 할 수는 없지만, 두 개의 '돌'은 모두 자연에 의해서가 아니고 그처럼 인위적인 힘에 의해서 파괴된 모습을 보여주고 있다는 데서 공통점을 갖는다.

이상에서 본 것처럼 시들은 다양한 이유로 죽어 가는 '돌'들을 표현하고 있다. 그런데 '돌'들의 그런 단말마의 비명과 고통스러운 몸짓을 시각화하려는 듯이 시행들이 배열되어 있음을 보게 된다. 엄밀히 말해서, 시의 시각화는 시의 리듬구조에 의해 조직된 형식이 언어의 의미적인 직능을 새롭게 유도할 때 형식과 내용의 이런 동시적인 작용으로부터 분출되는 것이다. 따라서 본느프와의 시들에서 진짜 시각화는 시행들 배열에 의한 외형적인 형태 그 자체에서보다는, 리듬과 언어가 시들 속에서 밀착되는 내재적인 상황이 죽어 가는 '돌'들의 괴로워하는 몸짓을 솟아나게 할 때 온다고 할 수 있다. 시행들의 배치형태만 가지고서 시들이 시각화되어 있다고 할 수는 없을 것이다.

그처럼 시들의 내적 조건 속에서 솟아나는 다양한 몸짓을 보여주며 죽어 가는 '돌'들은 '불멸'을 해서 진정한 영원성을 획득하기를 원한다. '돌'들에게서 죽음의 고통은 따라서 그들의 삶이 진행되는 것을 한순간 가로막는 것이 아니고 오히려 그들로 하여금 사물로서의 그들의 '현존성'을 확립하도록 하는 수단이 된다. 이처럼 죽음과 삶의 알력이 극단의 부정적인 상황으로 끝나지 않는 것은 '돌'들에게 죽음을 주는 그 자연물질들의 위력과 산업화의 영향이 반드시 부정적이지만은 않다는 것을 말해 준다. 이 점이 본느프와 시들의 특성이라 할 수 있다. 스페인 예술가 안토니 타피에스 Antoni Tàpies의 『의미를 꿰뚫는 돌 *La Pierre trouant le sens*』(1981년 작)이라는 한 판화에서 '돌'의 모습이 바로 시들의 그런 특성을 요약하고 있는 것 같다. 이 판화는 배부용으로 여러 사본들을 가지고 있는데 본느프와는 그 작가와 함께 사본들에 직접 서명을 했다. 이렇게 할 때 시인은 아마도 판화에 의해 표출되는 '돌'의 상징성을, 자신의 시집 『쓰여진 돌』(1965년 작)에 있는 시들에서의 '돌'의 그런 상징성들에 연관시켰을지도 모른다.

본느프와의 시들은 그렇게 '돌'과 같은 사물에 관련해서 예술작품을 상기시키기도 하면서 사물에 대한 다양한 탐색을 한다. 그의 시들은 또한 이런 사물이나 또는 자연풍경 등을 둘러싸고 있는 '빛'에 대한 탐색도 한다. 감각세계의 이런 요소들이 '빛' 이미지들의 다양한 변형을 따라가며 존재하는 모습들을 보여주면서, 시들은 인간세계의 진정한 의미를 생각해 보도록 한다.

『의미를 꿰뚫는 돌』

6
빛의 즉각성

'빛'에 대해 가장 많은 사색을 보여주는 본느프와의 시들은 주로 시집들 『한계의 환상 속에서』와 『빛 없이 존재했던 것』에 있다. 이 두 시집은 흔히 '빛'에 대해 말함으로써 '빛'에 대한 일련의 총서를 이루는 것 같기도 하다. 실제로 이 첫 번째 시집(1975년 작)에 나오는 '빛' 이미지들의 일부는 두 번째 시집(1987년 작)에 나오는 일부 '빛'들의 근원이 되기도 한다. 먼저 『한계의 환상 속에서』에서 표현된 한 '빛'을 본다.

〈한계의 환상 속에서〉

피로 물든 채 그대는 몸을 던졌지
빛 속으로.
고함치며 그대는 눈을 떴지
낮이라 부르려고.
하지만 피의 장식 휘장이, 위엄 있는 둔탁한 소리로,
빛 위에서
벌써 다시 처진다고
낮은 생각하지 않지.

웃음소리 저 위에서 불타오르고
해체되는
짙은 빛 속에서 불그레 빛나고 있네.
우리 기슭의
빛나는 별빛들로부터 그대 멀어지렴.

⟨Dans le leurre du seuil⟩

Tu fus jeté sanglant
Dans la lumière,
Tu as ouvert les yeux, criant,
Pour nommer le jour,
Mais le jour n'est pas dit
Que déjà retombe
La draperie du sang, à grand bruit sourd,
Sur la lumière.
Rire s'enflamme là-haut,
Rougeoie dans l'épaisseur
Qui se désagrège.
Détourne-toi des feux
De notre rive.

(『한계의 환상 속에서』, pp.261-262)

　　낮과 밤의 경계선에서 천체들은 그들의 '빛'을 흘리며 화려했던
시간을 끝내고 또는 새로운 시간을 맞는다. '우리 기슭'에 다가오
는 '별빛'들은 그래서 '피의 장식 휘장'이 발하는 '불그레한 빛'
과 교체된다. 낮과 밤의 두 '빛'은 이때 순간적으로 동시에 나타나
고 사라지고 있어 결국은 서로 섞이면서도 각기 다른 '기슭'을 취
하고 있는 것이다. 그런데 그들의 출현과 사라짐은 사실은 모호한

것일 수 있다. 대지 위에서 두 '빛'은 우주 천체들 중에서 특히 지구의 회전운동에 의해 서로 교대되는 것처럼 보이는 것이고, 그리고 그들의 교체현상이 일어나는 지점도 순간마다 달라져서 정확히 파악될 수가 없기 때문이다. 더구나 이를 인지하는 시 주체의 시각 작용도 그렇게 정확하게 이루어지는 것은 아니다.

그런 모호한 상황 속에서라도 낮과 밤의 두 '빛'이 대지 위 하늘 공간 속에서 존재하는 것은 분명한 사실이다. 실제로 그들이 펼쳐지는 구체적인 장소를 들 수 있다. 그곳은 어쩌면 발생트Valsaintes 지역의 하늘일지도 모른다. 사실 본느프와는 1964년경 이 지역에 머물면서 그곳의 풍경을 통과하는 '빛'들에 깊은 인상을 받고 이를 시집 『한계의 환상 속에서』(1975년 작)에 있는 시들 속에서 표현했다.

본느프와가 머물던 발생트의 집 앞 풍경

두 '빛'이 환상인 듯한 모호한 상황 속에서 전개된다 할지라도, 실제로 있는 대지의 풍경과 함께 전개되는 그들의 존재방식은 분명히 그 자체대로 시 속에서 어떤 의미를 제시한다.

즉, 한편으로, 서로 섞이면서도 각자 자기들 방향으로 가는 두 '빛'의 상황은 대지 위에서 서로 헤어질 수 없는, 그러나 헤어져야만 하는 두 연인의 사랑의 몸짓을 상기시키기도 한다. 두 '빛'에서처럼 두 연인에게서 사랑은 그들이 서로 만나면서 다시 '해체되어야만'하는 고통을 맛본다. 그들의 결합은 그들 각자가 자아의 소멸을 통해 완전히 죽는 아픔을 겪는 순간에 참으로 이루어질 것이다. 결합되고 '해체되는' 바로 그 순간에 그들의 사랑은 그래서 그들의 진정한 결합을 위한 죽음일 수 있다. 사랑에 대한 격언이 있다 : "라틴어로는 사랑을 아모르(*amor*)라고 하느니라. 그러므로 죽음(*la mort*)은 사랑에서 비롯되는 것. 그 앞에는 마음을 괴롭히는 번민 혹은 상심, 눈물, 함정, 죄악 그리고 회한."(스땅달, 『적과 흑』, 서정철 역, 동서문화사, 1975, p.100). 수레바퀴 위에서처럼 계속 돌아가는 지구의 운행을 통해 두 '빛'은 대지 위 창공 속에서 이처럼 사랑과 죽음이라는 인간 삶의 방식을 조명한다.

발생트의 집 문턱에 서 있는 이브 본느프와

다른 한편으로, 즉각적인 현상을 따라 전개되는 두 '빛'의 운동은 인간의 감각세계가 개념적인 사고에 의한 이념들에서 벗어나 항상 '지금 여기서' 즉각적으로 참된 가치를 건설해야 함을 알려 준다. 이런 개념화에 관련된 의미는 본느프와의 다른 시들에서도 나타나는데, 어쨌든 이 경우에 시는 다분히 아리스토텔레스적인 관점에 있다고 할 수 있다. 아리스토텔레스Aristote의 관점에 따라 생각하면, 인간이 사고를 할 때는 그 순간에 이미 그의 사고는 개념화되어서 즉각성을 잃어버리기 때문에 그의 삶은 참된 것이 되지 못한다. 그 철학자의 생각을 고수한다면, 시는 대신 플라톤Platon의 관념론 또는 본질주의에 반대하는 것이 된다. 이 관념론에서는 본질이 존재 또는 실존을 앞섬으로써 존재 자체가 본질에 의해서 한정이 된다. 존재는 이런 제한된 상황 속에서 그의 참모습을 지니기 때문에 즉각적으로 '지금 여기에' 있는 존재는 의미가 없다. 이렇게 보면, 그의 시는 그 관념론과 반대로 실존은 본질에 선행한다고 주장하는 실존주의 철학을, 아마도 키르케고르의 철학을(본느프와는 이 철학자를 공부했기 때문에) 어느 부분에서는 상기시킬 수도 있다. 존재는 그 어느 것보다도 우선한다는 이 원칙 문제를, 사고의 개념화에 반대적으로 항상 '지금 여기서' 가치를 창출하는 그런 즉각성 문제와 완전히 동일 선상에서 생각할 수는 없다 해도, 적어도 그 원칙 문제와 즉각성 문제는 부분적으로 서로 관련이 될 수 있을 듯하다.

시집 『한계의 환상 속에서』에 있는 시는 그처럼 낮과 밤의 두 '빛'의 존재양태를 통해 인간 존재의 모습과 함께 실존과 본질의 이중적 차원에서 인간세계의 참모습이 궁극적으로는 어디에 있는지를 깊이 생각해 보게 한다. 그 시집의 시들 외에 '빛'에 대해 말하는 시집 『빛 없이 존재했던 것』에서도 시들은 그런 실존과 본질 문제를 생각하게 할 때가 있다. 다음의 시가 그 예를 보여준다.

〈랭험에서 보이는 데덤〉

화가여,
그대 그림들의 별은 게다가 세상 사람들을
헛되이 정착시키는 무한의 별이네.
별은 사물들을 그들의 참된 자리로 인도하네.
별은 저기서 그들의 등을 빛으로 감싸네.
후에,
외부의 손이 이미지를 찢고,
피로 이미지를 얼룩지게 할 때,
별은 벌거벗은 땅 위에, 밤의 발소리로
두려워하는 그들의 무리를 다시 모이게 할 수 있네.

〈Dedham, vu de Langham〉

Peintre,

L'étoile de tes tableaux est celle en plus

De l'infini qui peuple en vain les mondes.

Elle guide les choses vers leur vraie place.

Elle enveloppe là leur dos de lumière.

Plus tard,

Quand la main du dehors déchire l'image,

Tache de sang l'image,

Elle sait rassembler leur troupe craintive

Pour le piétinement de nuit, sur un sol nu.

(『빛 없이 존재했던 것』, p.68)

이 시는 그 제목이 말해 주듯이 영국의 풍경화가 존 컨스터블 John Constable의 그림 『랭험에서 보이는 데덤 *Dedham, vu de Langham*』(1813년 작)을 쓴 시들의 일부이다. 시에서 데덤의 밤의 숲 풍경을 비추고 있는 '별빛'은 '사물들'의 '참된 자리'를 찾아주고 있다. '피' 또는 '외부의 손'이 '사물들'의 관념화된 '이미지'를 '찢고 얼룩지게' 하는 순간에, '사물들'은 그들의 '등' 위로 흘러가는 '별빛'을 받으며 그들의 '진정한 자리'에 있게 된다. '사물들'에게 그런 '자리'를 만들어 주는 '별빛'은 논리적인 시간을 만드는 연속적인 순간들을 통과하는 '빛'이라기보다는 매 순간 즉각적으로 '사물들'을 비추는 바로 그 순간만 존재하는 '빛'이다. 이런 늘 새로운 '별빛' 속에서 '사물들'은 관념들 속에서 사는 '세상 사람들'의 문화적인 또는 세속적인 속성에서 해방되어 그들 자체의 즉각적인 양태를 회복하게 된다. '사물들'은 따라서, 그 '참된 자리'에서, 그들의 본질과는 상관없이 '지금 여기에' 있는 그들의 순수한 실존으로만 충만되어 있다.

『랭험에서 보이는 데덤』

'빛'은 어둠 속에서만 가치가 있기 때문에, 시는 밤하늘의 '별빛'에 큰 의미를 부여하고 그리고 그 '빛'에 근거해서 위의 그런 깊은 의미들을 말한다. 의미 깊은 '별빛'을 시는 바로 컨스터블의 그 그림 위에서 자신만의 주체적인 방법으로 '읽고' 표현했다.

*   *   *

빛 문제를 위시해서 지금까지 돌과 사막의 배 등 사물의 문제와 그리고 두브와 같은 존재와 장소, 물질적 상상력 문제 등을 살펴보았다. 이 주제들은 본느프와의 시 작품들 전체를 관통하고 있어서 그의 문학세계를 개괄해 보는 데 꼭 필요했다.

7
이브 본느프와의 시와
예술작품 비평에서 창조성 문제

문학작품과 예술작품은 그들의 구성 성분과 형태의 차이에도 불구하고, 이브 본느프와에게서는 세계의 현실 요소를 다시 보여주는 놀라운 조직체들이다. 따라서 자신의 시와 예술작품 비평을 통해서 문학과 예술의 두 영역을 깊이 연구해 보는 것이 그의 최대 관심사가 된다.

본느프와의 시 언어는 어떤 논리적 인식을 요하는 사실이나 초현실적인 것으로 향하지 않는 감각 세계를 어떤 '통일성'에 따라 추구한다. 이런 추구는 '단순성'이라는 최상의 과실이 가장 순수하고 즉각적으로 말해지는 순간적인 직관으로 시 속에 침투되게 하려는 시도이다. 이상적인 어떤 기대를 묘사하지 않고 때로는 생략적인 형식 속에서 담화의 의미는 시의 주체의 주관적인 상황을 만들어 감각 현실의 순간성이 '지금 여기서' 집행되게 한다. 즉각적인 상황 속에서 현실 세계를 말하면서 또한, 본느프와의 시는 수사학적인 형상을 보여주는 것으로 그치는 실용적 표현성의 총체로 떨어지지 않고 그 자체의 고유한 구술성과 역사적 계속성을 갖는다.

본느프와의 시 언어의 그런 특성은 언어가 아닌 가소성 요소들로 구성되는 예술작품들을 시 속에 존재하게 한다는 데 또 다른 큰 의미를 지닌다. 시의 형식을 구현하기 위한 외양에 대한 추구 속에서 시 언어는, 눈에 보이는 시 구조의 의미작용(의미하는 방법, signifiance)을 생산하게 하여 예술작품들의 표면에 보이는 형상들을 시 속에 위치시킨다. 시 속에서 무궁무진하게 보이는 헌정을 하며 예술작품들의 존재는 그 가치를 얻는다.

본느프와의 시 속에서 이루어지는 예술작품들의 가치화는 이 작가의 예술작품 비평 속에서 이루어지는 작품들의 가치화와 함께 그의 문학 세계의 아주 독창적인 특수성을 만든다. 본느프와의 예술작품 비평은 고딕시대의 프랑스 예술품에서부터 17세기의 로마 예술품, 20세기의 유럽 작가들의 예술품에까지 전개된다. 이는, 그의 작업이 옛것과 새것 간의 투쟁을 해결하는 비평의 새로운 방향을 열려고 한다는 것을 시사한다. 언어의 언술적인 힘 속에서 전개되는 그의 비평 방법에 따라 과거와 현재의 미술품이나 조각물들의 눈에 보이는 것에 지나지 않는 형태가 예술과 문학의 항구적인 역사 속에서 작품으로서의 진정한 가치를 갖는다.

언어가 아닌 물질 재료를 써서 유형적으로 표현하는 예술작품들이 언어로 성립되는 본느프와의 비평과 시 속에 존재할 수 있다는 사실은 이 작가 작품들 언어의 직능이 문학과 예술 간에 필연적인 관계를 세우고 있음을 뜻한다. 이 두 장르 간의 관계를 정립시킨다 하더라도, 그의 작품들 언어가 그것들을 현실에 대한 단순한 모방물로 맺어 놓는지 아니면 창조물로 맺어 놓는지 하는 문제가 제기된다. 이에 따라, 본 연구는 본느프와의 시와 예술작품, 특히 미술작품 비평을, 그리고 이 두 영역 속에서 존재하는 그림들의 진짜 신분을, 문학언어와 예술'언어'의 가치문제와 함께 파악해 보고자 한다.

7.1. 시와 그림

본느프와의 시들 중에는, 희랍 신화에서 사랑의 신 에로스가 사랑했던 아름다운 한 소녀의 이야기를 그린 클로드 로랭Claude Lorrain의 『프시케와 사랑의 궁궐과 함께 있는 풍경 *Paysage avec Psyché et le Palais de l'Amour*』(1664년)이라는 그림을 '쓴' 것이 있다.

『프시케와 사랑의 궁궐과 함께 있는 풍경』

그는 눈을 뜨고 싶었네. 항구에 다가오는
햇빛을 받으며, 침묵의
아직, 꺼져 있는; 하지만 미래의 색깔이 풍요로운 그림자의
회색 물결 속에 두 배로 된 불.

그리고 그는 잠을 깼네. 빛이란 무엇인가?
지금, 밤에 그리는 것이 무엇인가? 여기 푸른색,
황토색, 모든 붉은 빛을 강렬하게 하는 것
이는 이전보다 더욱 죽음 같은 것이 아닌가?

그는 그래 항구를 그렸네, 파괴시켜 버린,
물결이 아름다움의 산허리에 부딪히는 소리가
닫혀 있는 방에서 아이들 외치는 소리가 들렸네,
별들이 돌들 사이로 반짝이고 있었다네.

하지만 그의 최후의 그림, 다만 밑그림일 뿐,
다시 돌아온 프시케인 듯하네,
눈물 흘리며 주저앉아 버렸던 아니 콧노래 부르는,
사랑의 성 문턱에 얽혀 있는 풀밭에서.

Il rêva qu'il ouvrait les yeux, sur des soleils
Qui approchaient du port, silencieux
Encore, feux éteints; mais doublés dans l'eau grise
D'une ombre où foisonnait la future couleur.

Puis il se réveilla. Qu'est-ce que la lumière?
Qu'est-ce que peindre ici, de nuit? Intensifier
Le bleu d'ici, les ocres, tous les rouges,
N'est-ce pas de la mort plus encore qu'avant?

Il peignit donc le port mais le fit en ruine,
On entendait l'eau battre au flanc de la beauté
Et crier des enfants dans des chambres closes,

Les étoiles étincelaient parmi les pierres.

Mais son dernier tableau, rien qu'une ébauche,
Il semble que ce soit Psyché qui, revenue,
S'est écroulée en pleurs ou chantonne, dans l'herbe
Qui s'enchevêtre au seuil du château d'Amour.[1]

이 시는 각 시행의 문장 구성상의 상호의존 관계 속에서 로랭의
그림에 있는, 프시케와 그녀 옆의 사랑의 궁궐, 그리고 그 주변 경
치를 표현한다. 시의 주체가 '현재' 개인적으로 체험하는 어떤 사
랑에 관련된 시간이 그림을 중개로 하여 신화 역사에서 인지된 세
계의 시간 속에 삽입된다. 고대 신화시대로의 이런 시간적 이동은
역설적으로 이 시의 항구적인 현재성을 확인시켜 준다. 따라서 시
속에서, 그림 위에 보이는 움직이거나 고정된 자연과 건물이 공간
에 대한 확실성 없는 체험을 끊임없이 제기하며 감각적인 인물과
의 융화를 늘 새롭게 하는 듯하고, 그 화가는 이런 신화적 사실을
자신만의 시각으로부터 미래로 확대시킨다.

17세기에 활동한 클로드 로랭의 그림을 '쓴' 그 시와는 달리 다
음의 시는 20세기에 활약한 피에 몽드리앙Piet Mondrian의 『붉은
구름 Le Nuage rouge』(1907-1909년)이라는 그림을 '쓰고' 있다.

[…]. 그래, 대지
나선형 구름 기둥 위에.

그러나 상관없어, 선회하는 하늘,

---

1) Yves Bonnefoy, "Psyché devant le château d'Amour", *Ce qui fut sans lumière*,
Paris, Mercure de France, 1987, p.73.

두 번 흔들거리고, 남자가 말을 할 때에는,
이미 절반은 흥분되어 있는 여인에게, 검은 구름,
들리지 않는 몇 마디를, 그리고 돌아서
흩어지는 쪽으로 멀어져 가며
그녀 쪽으로 몸을 기울여
눈물에 젖은 얼굴을 순수한 손에 감출 때에는

아직 밝은, 서쪽을 향해
바닥이 펀펀한 배 한 척, 그 뱃머리는
불, 연기를 상징하고,
다시 열려 있는 책, 붉은 구름, 높아지는 파도의
꼭대기에 나타났기 때문.

[⋯]. Oui, une terre
Sur ses colonnes torses de nuée.

Et qu'importe si l'homme, le ciel tournant,
Vacille une seconde fois, dit à la femme
A demi emportée déjà, nuage noir,
Quelques mots que l'on n'entend pas puis se détourne,
S'éloigne à ses côtés qui se dissipent
Et se penche vers elle
Et cache son visage en pleurs dans ses mains pures

Puisque vers l'Occident, encore clair,
Un navire à fond plat, dont la proue figure
Un feu, une fumée, est apparu,
Livre rouvert, nuage rouge, au faîte
De la houle qui s'enfle.[2]

---

2) Yves Bonnefoy, "Les nuées", *Dans le leurre du seuil*, dans *Poèmes*, Paris, Gallimard, 1982, p.302.

『붉은 구름』

시는 그 스스로 말해진다는 단순한 사실에 의해 즉각적인 말이고 그에 따라 행동이 되듯이, 본느프와의 시도 주체의 언술행위에 따라 시 형식을 만들며 몽드리앙이 그림을 그리는 상황을 말하고 있다. 화폭 위에서 선 하나하나 홀로는 아무것도 표현할 수 없고 다른 선과의 관계 속에서만 구름들의 형태를 만들 수 있다. 하나의 선이 달아나며 다른 선을 유혹하는 선들의 상호성이 하늘에서 흘러가는 붉은 물질들을 화폭 위에 순간적으로 부동화시키는 것을 시는 보여준다. 그림 위에서 보이는 화가의 작업 과정은, 즉 붉고 검은 색깔의 사용과 붓 작용이 보일 정도로 격렬하고 빠른 터치는 대지 위에서 이루어지는 구름의 순간적인 운동에 대한, 하늘 사건의 확산에 대한 화가의 즉각적인 인지작용의 결과임을 시는 말한다. 시에서 두 남녀의 관계가 맺어지고 끊어지는 상황은 바로 그림 위에서 전개되는 흩어지고 다시 모이는 구름 현상의 미학을 구현하고 있다. 시 속에서 그 그림은 존재의 진실을 밝히기 위해 두 구름, 즉 두 남녀가 그들 몸의 공간 속에서 서로 만나고 헤어지는 반대 운동의 존재 방법을 융합하고 있다. 그들 몸의 형태가 그 자체에서 만남과 헤어짐의 공간이 됨으로써 그들 몸의 공간적 한정에 관한 상황이 곧 그들 존재의 본질을 구성하는 것이다. 특히, 그들의 공간 속으로 사라짐은 그들 존재가 생존할 수 있는 유일한 방식임을 그림은 표현한다. 결국, 감각적 체험을 통해 전개되는 인간 존재의 즉각적인 '현존성'에 관한 본체론적 체험을 시는 현상철학이라는 이름으로 그림에 부여한다. 실제로 한 비평은 "소멸하기 쉽고 *又* 동시에 불멸인 현존성의 모호한 상황"[3]을 본느프와의 작품들에서 본다.

앞에서 제시된 본느프와의 두 시는 신화적 사실을 표현한 로랭의 그림과 구름 현상을 표현한 몽드리앙의 그림을 말하고 있기 때문에 이 그림들이 시들 속에서 의미작용을 하고 있다. 이는 그 두 그림과 그 두 시가 표현은 다르지만 유사한 것일 수 있음을 뜻한다. 그러나 이타성 속에서의 이런 유사성은 두 장르 간에 어떤 우월성이나 하위성 개념이 있음을 시사한다. 이 점에 대한 검토는 본느프와에게서 그림과 시는 세계를 모방하는가 아니면 창조하는가 하는 문제를 밝히기 위해 필요하다. 따라서 본느프와가 언급한 "그림과 시는 같은 것이다. *Ut pictura poesis*, peinture et poésie sont la même chose"라는 명제에 입각해 이 작가의 모든 작품에서 주목되

---

3) Gérard Gasarian, *Yves Bonnefoy; la poésie, la présence*, Seyssel, Champ Vallon, 1986, p.17.

는 그림과 시의 관계를 살펴보려고 한다.

7.1.1. "그림과 시는 같다 *Ut pictura poesis*"

본느프와의 시들이 로랭과 몽드리앙의 그림들과 함께 있음이 말해 주듯이, 이 시인은 그림과 시를 같은 것으로 결부시킨다. 그리고 궁극적으로는 시가 그림을 '식민지화'해야 함을 강조한다.

> [···] 소위 고전주의 시대에, [···] 작가들이 꾸준히 재확인하곤 했던 대등의 원리: *Ut pictura poesis*, 그림과 시는 같은 것이라는 것. 둘 다 의미작용을 하는, 그러니까 부차적인 어떤 요소들에 같이 의존하며, 같은 장면들을 묘사함을 인정하는 한, 사실 시에 있어서는 그림을 식민화하는 것이 문제가 되기 때문이다.

> [···] le principe d'équivalence que les écrivains réaffirmaient inlassablement aux époques dites classiques, [···]: *Ut pictura poesis*, peinture et poésie sont la même chose. Car sous ombre de constater que l'une et l'autre décrivent les mêmes scènes, avec un même recours à des éléments signifiants, donc seconds, il s'agit en fait pour la poésie de coloniser la peinture.[4]

이처럼 본느프와의 예술시학 이론에서 주장된 '그림과 시는 같다'라는 개념에서 시가 그림보다 우월하므로 이 두 분야는 그것들의 가치 면에서 결코 동등해질 수 없다. 시가 그림과 같은 것이 될 수 없고 그림이 시와 같은 것이 될 수 있다는 뜻이다. 그림이 시에

---

4) Yves Bonnefoy, "Peinture, poésie: vertige, paix", *Le Nuage rouge; Essais sur la poétique*, Paris, Mercure de France, 1977, p.320.

의존하고, 시를 가치화하기 위해서 시로 변형된다는 것이다. 그런 의존성을 야기하는 시는 그림으로 변형될 필요도 없고 변형될 수도 없다. 문학 실천이 그림 활동으로 옮겨 갈 수 없고 그 반대가 되는 것이다. 두 장르의 형태를 구성하는 요소들이 다르기 때문이다. 시는 언어적 언어로 구성되어서 그 자체로 말하지 않을 수 없어 그림에 대해서도 말하지 않을 수 없기 때문이고, 그림은 언어 성질이 아닌 색과 선으로 구성되어서 단지 보여질 뿐 자기 스스로 말을 할 수 없어 개인 간에 동일하게 인정되는 의미작용이나 자기의 가치를 만들 수 없기 때문이다(한 표현을 빌리면, "예술가가 있는 그대로 인정된 기호들의 목록을 받아들이지 않기"[5] 때문이다). 그림의 가소성 물질들은 그 자체로서는 결정적으로 의미하는 어떤 상을 만들기 위해 필요한 배치 규칙과 같은 기호 체계를 형성하지 못하고, 시 언어의 작용으로 인지되어야만 의미적인 기호의 총체물이 되기 때문이다.

이런 관점들을 추론하게 하는 본느프와의 시와 그림 이론에서는 '말하는 시'의 언어가 '말 없는 그림'의 보여지는 것보다 훨씬 우월하다. 이 개념은 호라티우스Horace와 플루타르코스Plutarque 이래로 계속되는 시와 그림을 완전히 동일시하는 생각을 17세기 유럽의 (시인 뒤 프레스노이Du Fresnoy를 위시한) '고전주의 시대의 작가'들이 다시 정의한 "그림과 시는 같다."라는 개념과는 다르다. 앞의 인용문에서 보듯이 본느프와의 시와 그림 이론은 이 후자 개념에 입각해서 세워졌다고 볼 수 있으므로 이 개념을 살펴보아야 할 것 같다.

---

5) Emile Benveniste, *Problèmes de linguistique générale II*, Paris, Gallimard, 1974, p.58.

유럽 '고전주의 작가'들이 내린 "시는 말하는 그림이다."라는 정의에 따르면, 시가 그림으로 변형될 수 있다. 이 경우에는, 그림 요소들이 강조되어서 시가 그림처럼 시각화되어 버리고 만다. 또는 "시는 귀먹은 그림이다."라는 그들의 정의에 따르면, 그림은 청각적 기능을 가지고 있으나 마비되어 버린 것이 되므로 그것의 선천적인 특성인 침묵이 의미 없게 된다. 시는 이런 의미 없는 그림이 되는 것이다. 이번에는, "그림은 말 못 하는 시다."라는 그들의 정의에 따르면, 그림이 시로 변형될 수 있어 본느프와 이론의 주장대로 시가 그림을 '식민지화'할 수 있다. 그러나 시의 각 행에서 보여지는 언어의 음성적인 특성이 배제되어서, 이 특성과 시행들 운이 쓰여진다는 것과의 관계를 분리시켜 버리는 셈이 된다. 또 "그림은 눈먼 시다."라는 그들의 정의에 따르면, 그림이 시로 변형되어 본느프와 이론대로 그림이 시에게 '식민화'되기는 하나, 시가 읽혀지기 위해 문장들의 연합축과 계열축을 따라 보여진다는 개념이 삭제되어 버린다. 이상 모두와 같은 식으로 시와 그림을 관련시키면, 그림에 언어적 언어 문제 또는 그림'언어' 문제를 연루시키는 것이 되지만, 근본적으로는 시의 언어 기호적 가치와 그림의 물질적 가치를 동일시해 버리는 모순을 초래한다.

17세기 유럽 '고전주의 작가'들의 정의와 달리, 본느프와의 "그림과 시는 같다."라는 정의는 시 언어의 직능을 강조하는 방향에서 그림이 시로 변형되고 시가 그림에 의미를 주는 것을 말한다. 이 언어의 직능이 더 나아가 시와 그림으로 하여금 세계를 재창조하게 하는지 아니면 단지 복사하는 것으로 그치게 하는지 의문을 가질 수 있다. 따라서 이 의문을 풀어 보려고 한다.

7.1.2. 복제와 재현

본느프와의 이론에서 시와 그림이 세계의 복제물이 되는지 또는 재창조물이 되는지는 시 언어의 힘에 달려 있다. 일반적으로 시에서는 언어 기호들이 시행과 리듬을 구성하는 단위로서 연결되면서 선험적으로 그들 자체대로 전체 의미작용 속에 있게 되어 시의 가치가 나온다. 또한, 언어 기호들이 창설한 요인들을 독자의 언어가 확대시킴으로써 후험적으로 생성되는 의미작용과 함께 시의 가치가 증폭된다. 시는 무한히 확산되는 독자 언어의 언술적인 힘에 따른 의미작용에 의해 계속 재해석되므로 현실 세계에 대한 단순한 모방이 아니고 늘 새로운 재창조물이 된다. 시가 가지는 이런 일반적인 특성에 속하는 재창조성 개념을 본느프와 시에서는 플라톤 Platon의 이데아 이론(뒤에 설명)에 대비될 수 있는 아리스토텔레스 Aristote의 모방이론으로 설명할 수 있을 것이다.

아리스토텔레스의 모방이론은 중세 이후 특히 프랑스에서 16세기 르네상스시대에 롱사르Ronsard와 뒤 벨레Du Bellay 같은 시인들이 프랑스어를 새로이 가꾸려고 하는 가운데, 17세기 고전주의시대에 이르러서 고대 그리스의 가장 훌륭한 문학작품들을 모두 종합해서 모방하는 발명 개념으로 이어져 나간다. 17세기 유럽의 '고전주의 시대의 작가'들에 관심 두는 본느프와의 관점은 사실, 이런 역사적 흐름 속에서 아리스토텔레스의 모방이론에 접근한다고 볼수 있다. 이 철학자에 따르면, "모방 본능은 선율과 리듬처럼 […] 우리에게 선천적인 것이어서, 이 점에 관해 가장 천부의 재질이 있던 사람들이 조금씩 진보해서, 시는 그들의 즉흥적인 행동으로부터 태어났기"[6] 때문에, 시에서 사물에 대한 복제나 모사는 모두 창조적인 재현으로 볼 수 있다는 것이다. 이런 창조적 재현의 흐름으로 형성되는 본느프와의 시는 그림 위에서 보이는 조형적인 상들에 시 자신의 언술행위를 모방하는 능력을 준다. 그로써, 시는 어떤 비현실적인 세계를 추구하지 않고, 그림 위에서 보이는 순간적인 감각 세계의 즉각성을 특권화하면서 충만된 세계로의 상승을 이룬다.

본느프와의 시학에서, 시는 자신의 언술행위 자체로 스스로 의미적인 가치를 갖고 독자의 언어를 통해 다시 이 가치를 확대시킴으로써 항상 새로운 창조물이 되고, 이런 언어 상황 속에서 그림의 보이는 물질 요소들을 재구성하기 때문에 그림도 창조물이 된다. 시 언어가 그림을 보고 '읽을 때', 비로소 그림의 가소성 요소들은 언어적 언어를 모방하는 메타언어가 되어 현실을 표현할 수 있다. 말하자면, 언어 단위가 아니라서 독립적인 그림 성분들은 후험적으로 의미적인 기호들이 되어 의미작용을 발하면서 예술적 가치를 얻는다. 그림이 창조적인 시로 변형됨으로써, 그림의 영상은 침묵의 구성에 따라 화가의 생산 활동 동안에 발현되는 어떤 주관적인 생각을 미래로 계속되는 역사적인 시간 속에서 여러 다른 방법으로 '말하는' 힘을 갖게 된다. 이 점이 바로 그림의 무궁무진한 재창조성이다. 단순한 미학적인 인상 차원을 넘어 발명적 활동에 바탕을 둔 고양된 미학으로 열리는 재창조성이다.

본느프와의 시와 그림이 아리스토텔레스의 모방 이론에서 나온 재현 개념에 비추어 재창조물이 되는데, 이는 그의 시에서 이 두 장르에 대한 관점이 플라톤의 이데아 이론을 부분적으로 거부하고

---

6) Aristote, *Poétique*, Paris, Gallimard, 1996, pp.82 – 83.

있음을 확인한다. 실제로 본느프와의 시집 중에서 『반(反) 플라톤 주의 *Anti − Platon*』(1947)라는 작품이 있음은 아주 시사적이다. 플라톤에 따르면, 시와 그림은 우주의 이미지만을 제시할 뿐이다. 시는 현실과의 관계에서 어떤 과잉성이나 과소성만을 보여주고, 그림은 신이 창조한 세계의 본질에서 벗어나 거울 속의 상처럼 세상을 반대로 복사할 뿐이다. 플라톤의 이런 시각에서는 인간에게만 고유한 언어의 특성이 무시되고 인간 활동의 모든 것은 우주의 최초 본질에서 점점 멀어져 가는 무익한 것이 되어 버리고 만다.

플라톤의 이론과는 반대로 본느프와의 이론에서는, 시가 자신의 장르처럼 그림 장르까지도 세계의 모방물이 아닌 창조물이 되게 한다. 이는 두 장르의 개념이, 어떤 사고를 유발하고 드러내는 언어의 재현성에 대한 신뢰에 입각해서 정의되는 것을 뜻한다. 이 언어의 재현성이 또한 본느프와의 미술작품 비평과 이 속에서의 그림들에 어떤 관련이 있는지 보고 그에 따라 이 두 분야의 창조성 여부를 밝혀 보려고 한다.

7.2. 비평과 그림

본느프와의 시학에서 미술품을 시에 접근시키는 방법은 미술품에 대한 그의 비평에 근원을 두고 있다. 본느프와의 비평은 고딕시대의 프랑스와 17세기의 로마, 그리고 20세기 유럽에서 이루어진 먼 과거의 작품들과 현대 작품들(예를 들면, 스위스 작가인 알베르

토 자코메티Alberto Giacometti와 프랑스 작가인 제라르 드 팔레지
외Gérard de Palézieux의 작품들)의 생산 과정을 파악하려고 한다.

　　돌이 죽은 자들에게 지하의 빛을 곁들이고, 굳어진 덩어리와 균열로 그
들을 덮어씌우니, 산 자들에게 그들 밤의 재료를 내놓는 듯하다. 어스름한
빛 종류인, 벽의 흐린 바탕에, 그들은 이상야릇하고 완만한, 거의 태연한
공포심을 나타나게 한다. 침묵과 추위 속에 웅크리고 있는 바로 그들 속에
서, 작품의 불균형이 가장 잘 느껴진다. 그 불균형은 그 화가가 그의 데생
을 다시 정확하게 해야 했을 때 일어났던 작업의 중단 탓이다. 그러니까
그는 그저 벽 위에 전체의 채색을 (데트랑프화로) 퍼뜨렸었고, 그러면서도
정확한 선을 구하고 있었다. 어떤 형상들은 잘 그려졌다. 다른 것들은 비
뚤어진 채로 남아 있었다.

　　La pierre ajoute aux morts sa lumière de cave, les couvre de
grumeaux et de crevasses, elle semble apporter aux vifs le
matériau de leur nuit. Sur le fond louche du mur, sorte de
crépuscule, ceux-ci laissent paraître une singulière panique,
lente, presque immobile. C'est en eux, ramassés dans le silence
et le froid, qu'on sent le mieux l'inégalité de l'oeuvre. Elle est
due à l'interruption du travail, qui s'est produite quand le peintre
en était encore à préciser son dessin. Et simplement il avait jeté
sur le mur la coloration générale (à la détrempe), et il cherchait
le trait exact. Certaines figures sont bien venues. D'autres sont
restées gauches.[7]

　　그[니콜라 푸생]의 첫 번째 작품, 『시인의 영감』은 무거운 느낌의 탁한
빛을 띤 사선의 구성 작품이고 푸생과 꼬르톤느를 비교할 수 있는 유사점
을 보여주는 한 좋은 예이다. 그러나 그 두 번째 작품[『시인의 영감』]은
이런 경향이 아니고 장중한 부동의 상태를, 그런 경사성이 아니고 대칭을,
어두운 색깔 속에서 떨리는 육체의 아주 관능적인 유희가 아니고 정신의

7) Yves Bonnefoy; *Peintures murales de la France gothique*, Paris, Paul Hartmann,
　　1954, p.30.

빛 속에서 매끈매끈한 맑은 살색 묘사를 보여준다.

Sa[Nicolas Poussin] première *Inspiration du Poète* est une composition oblique, aux lourdes lumières troubles, un bel exemple de la parenté qui peut rapprocher Poussin et Cortone. Mais la deuxième[*Inspiration du Poète*] présente au lieu de ce mouvement une immobilité solennelle, au lieu de cette obliquité une symétrie, au lieu du jeu si sensuel des chairs vibrant dans les ombres de pures carnations lisses dans une lumière d'esprit.[8]

그러나 시선을 다채로운 주관성으로부터 또 꿈으로부터 벗어나게 하기 위해, 그렇게 열리는 아주 대단한 재능을 가진 그 화가[제라르 드 팔레지외]의 화법 중의 화법은 물론 수채화이다. […]; 붓이 종잇장 위에 남긴 물로 가득 찬 색깔들이 사물의 윤곽을 해체하는 동안 표상인지 빛인지 알 수 없는 흐르는 물의 순환 속에서, 그토록 자유로운 환상의 근원.

Mais celle des techniques du peintre[Gérard de Palézieux] qui a la plus grande capacité à s'ouvrir ainsi, pour délivrer le regard des diaprures de la subjectivité et des rêves, c'est évidemment l'aquarelle. […]; cependant que les couleurs gorgées d'eau que le pinceau a déposées sur la feuille défont le contour des choses, souche si aisément des fantasmes, dans une circulation de courants dont on ne sait s'ils sont de la perception ou de la lumière.[9]

이와 같이 화가들의 작품 제작 방법을 파악하기 위해, 그림 앞에서 이루어지는 본느프와의 인지는 인지 순간의 시간성을 극복할 수 없어 오히려 이 시간성을 초월하려는 듯하다. 이런 인지 작용으로

---

8) Yves Bonnefoy, *Rome, 1630: l'horizon du premier baroque*, Paris, Flammarion, 1970, p.121.
9) Yves Bonnefoy, "Un art reclus en lumière", dans *Palézieux*, Genève, Skira, 1994, p.60.

작동된 시선은 반사되거나 축소 또는 확대되는 물리적 현상을 내재화시키며 그의 정신 양상을 표현한다. 눈앞의 대상과의 상호교감 작용에 의한 시선의 형이상학에 의해 표현된 이 정신에 그 비평가의 언어는 그림의 형상들을 범주화시킨다. 이때, 작품들의 선과 색깔은 눈에 보이는 것이 '읽혀짐'에 따라 많은 것을 보여주거나 또는 적게 보여주는 이중 체계에 따라 결합되고 분리되며 두 체험에 관계된다. 한편으로, 본느프와의 언어는 어떤 개념적 인식에서보다는 감각 현실에 대한 직관적 인식에 부합하여 그림을 느끼는 미학적 체험을 통해 그림의 제작 과정을 보여주려고 한다. 실제로 이 비평가에 따르면, "예술은 하나의 인식이 되면서만 감각 세계를 사랑하는 것의 증거가 된다, 가장 달콤한 그 순간에 고행이 따르기는 해도."[10] 다른 한편으로 그의 언어는 그림 앞에서 이런 미학적 체험을 하려는 그의 욕구가 작품을 비평하는 동안에 충족되는 시행위적 체험을 통해 화가의 생산 활동을 풍요롭게 하려고 한다. 이로써 그림이 실제로 제작된 시간은 실행화되고 있는 본느프와 비평 언어의 주관적 체험 능력이 바로 그림에게 하나의 개체로서 신분을 찾게 해 주는 의미적인 주체의 시간과 함께 그 가치를 갖는다.

결국, 본느프와의 그림에 대한 담화는 언술 작용의 주체로서 자기 활동에 대해 어떤 주관성을 가지는 사회 구성원들의 활동 중에서 화가의 활동만큼은 다른 사회 활동과는 아주 다른 독자적인 영역임을 알려 준다. 화가의 작품 제작이 단순한 기교에 의거하지 않고 작품에게 '보이는' 에너지를 주는 생산 활동으로서의 기술을 요하기 때문이기도 하다. 그의 담화 형식은 작품이 나온 연대에 입각

10) Yves Bonnefoy, *Rome, 1630; l'horizon du premier baroque, op.cit.,* p.79.

해서 작품을 설명하는 데 국한되지 않고 화가의 생산 방법에서 찾아지는 작품의 가치를 계속 존속하게 하는 항상 새로운 현재의 언어적 시간을 따라 전개된다. 이 점에서 그의 비평은 지금도 앞으로도 계속 하나의 창조물로 남을 것이다.

본느프와의 비평은 그림이 화가로부터 태어나는 과정을 부활시키려고 하면서, 또한 작품의 사회와의 관계를 보며 작품의 가치를 찾으려고 한다. 따라서 작품을 만들 때의 화가 언어의 사회 상황 또는 사회 이념에 대한 관련 여부를 확인해 보는 것이 문제다.

7.2.1. 예술과 사회상황

본느프와의 비평에서는 그림 작품을 만드는 순간에 화가의 언어가 자기시대 대중의 영향을 의식하느냐 않느냐 문제를 봄으로써 작품이 그 시대에 유익한 실용적 가치만을 지니는 것인지 아니면 예술적 가치를 지닌 진짜 작품인지를 확인하는 데 관심이 주어진다. 그림이 사회 현실의 산물인지 아니면 사회 상황을 유도하는지도 밝히려고 하는 것이다.

본느프와의 시각에서는 사회 성원들의 그림에 대한 여러 다른 인지 수준에 따라 (인지 작용의 부정확성이야 어떻든) 그림이 사회의 산물일 수도 있고 반대로 사회를 유도할 수도 있다. 그림은 비록 화가가 아주 임의적으로 자신의 필요성에 따라 사용한 물질 요소들의 구성체이고, 구성 그 자체는 모든 사람이 동일하게 받아들여서 어떤 질문이나 대답을 할 수 있는 언어 기호의 의미를 발하지 않지만, 그 구성을 형성하는 물질은 화가 정신력의 운반체인 듯해서, 구성은 의사소통을 위한 다른 수준의 표현망이 되고, 그래서 사회 성원의, 즉 관람객의 반응을 유발할 수는 있다. 따라서 관람객은 자기 삶에 대한 체험 언어에 따라 화가가 한 어떤 직관의 발산인 것 같은 것을 재조직하게 된다.

관람객의 의식 속에서 그런 의사소통 교환이 이루어지기 때문에, 그림 그리기는 화가의 개인 활동이고 또 동시에 사회의 집단적 가치에 관련되는 보편적인 활동이다. 화가는, 한편으로는 자기의 직관을 따르며, 다른 한편으로는 대중의 일원으로서 알게 모르게 자기 시대의 의식의 흐름을 따라 대중의 생각과 같은 방향에서 사회를 이해한다. ─ 사실, "각 시대는 그 시대의 감성이 도달되는 단계에 따라, 그 질서를 세운다."[11] 그러므로 그림은 화가 자신이 사회를 의식하든 하지 않든 사회 이념에, 집단 역사에 관계되며 생산해 낸 주관적인 역사물인 것이다. 화가의 직관의 방식으로서의 정서적인 것의 집행과 그 시대의 사회적 특수성의 조화물이다. 여기서 본느프와가 인용한 화가(조각가이기도 함) 알베르토 자코메티의 말이 관심을 끈다.

"나[알베르토 자코메티]는 한두 작품들을 자연 그대로 사생해야 했지요 (하던 끝에 빨리 하리라 믿었어요). […]. 이 연구는 (생각하기를) 2주일쯤 걸릴 예정이어서, 그 다음에 제작을 하고 싶었습니다." 그렇다. 하지만 그는 또, "5년 후에나 끝나겠지요. 아직도 끝나지 않았거든요."라고 말한다. 왜 이런 지장이 있었는가 […]? 그 대답이 내 생각에는 이런 것 같다. 그런 단순함이 그에게는 그때까지도 여전히 인지할 수 없었던 어떤 모순을

---

11) Herbert Read, *Le Sens de l'Art*, Paris, Sylvie Messinger, 1987, pp.120 ─ 121.

숨기고 있기 때문이고, 바로 그 때문에 그의 시행착오가 있었던 것이다. - 그 시행착오는 10년 후에야 끝났다 - […]. "나는 한두 작품들을 자연 그대로 사생하고 싶었어요."라고 자주 그는 말했다.

"Il me[Alberto Giacometti] fallait faire(vite, je croyais; en passant) une ou deux études d'après nature, […]. Cette étude devait me prendre(je pensais) une quinzaine de jours, et puis je voulais réaliser mes compositions." Oui, mais dit-il encore, "cinq ans plus tard, ce n'était pas encore fini." Pourquoi cet empêchement, […]? La réponse, me semble-t-il, c'est que cette simplicité dissimule une contradiction qui ne lui était pas perceptible encore, d'où ses tâtonnements-ils ne prirent fin que dix ans plus tard - […]. Je voulais faire une ou deux études d'après nature, a-t-il dit souvent.12)

이 인용문에서 자코메티가 말했듯이, 화가는 자신의 인간적인 어떤 의도를 단지 표현을 하기 위한 운반구일 뿐인 것이 되게 하면서, 오직 보는 것만을 그리고 싶어하는 강한 욕망을 갖는 경우가 있다. 그러나 실제로 작품을 제작하는 동안에는 화가 언어의 주체의식이 역사의 시간 속에서 그 존재 방법을 찾을 때가 더 많을 수 있다. 이때 "예술작품은 주관적인 모방의 표현 순간을 통해, 사회적 과정으로서의 객관성 획득을 향해 간다."13) 작품은 화가의 독자적인 개성으로부터 오는 주관적 견해와 사회의 집단의식이 대립되는 모순을 안고 있을 수도 있다. 어쨌든 본느프와의 비평에서는 사회 성원들의 문화가 화가의 언어와 정서를 시대마다 바꾸면서 작

---

12) Yves Bonnefoy, *Alberto Giacometti, biographie d'une oeuvre*, Paris, Flammarion, 1991, p.249.
13) Theodor W. Adorno, *Théorie esthétique*, Paris, Klincksieck, 1974, p.177.

품을 다시 확인하곤 하여 작품이 역사성을 갖게 되고, 그로써 이 역사성은 후험적인 사실이다. 화가의 생산 과정 동안에 현실화된 그의 언어와 정서가 집단적 성격을 띠게 되고 또 다른 식으로는 사회의 흐름을 계속 조장함으로써, 그림은 역사의 계속성을 만들어 가는 것이다.

사회 현실의 결실이든 사회를 유도하든 본느프와의 비평에서 그림은 사회 성원 간에 일련의 사건과 함께 전개되는 시간 속에가 아니고 그들과 늘 함께 있는 인류 문화 차원의 그들 언어만의 영원한 현재 시간 속에 놓이는 역사적 작품인 것이다. 이 의미에서, 그림은 아리스토텔레스의 재현 개념으로 설명될 수 있는 매 순간 새로워지는 창조물이 되고, 그래서 대중의 소비욕망 등을 충족시키려는 사회 상황 속에서 상업화되는 그것의 실용적 가치문제는 배제된다. 그림에서 이런 재창조적인 역사성 개념은 다른 한편으로 그림 자체가 궁극적인 목적을 가지고 있어서 언어와 역사성 문제와는 무관하게 그 스스로 창조물이 될 수 있지 않을까 하는 의문을 갖게 한다.

7.2.2. 미술작품과 자기 목적성

본느프와의 비평 속에서 확인되는 그림의 재창조성은 그것이 인류 언어의 역사와 별도로 그 자체에서 원래부터 창조물이라는 것을 의미하지 않는다. 하나의 대상으로서 그림의 물질적 특성을 형성하는 인과관계들은 사회 성원들의 언어 속에서 기존의 어떤 법칙에 따라 서로 얽히고 그림 앞에서 자신들의 기쁨을 느끼며 그것에 어떤 가치를 주는 그들의 해석에 따라 그것에 예술적 성격을 갖게 하는 요인들이다. 그림은 말하자면, 화폭 위에서의 구성을 통해 사회 언어 선상의 역사 속에서 예술'언어'의 의미작용을 갖게 되어 후험적으로 창조물이 되므로 그것 스스로는 존재 목적이 없다.

그림이 재창조물이 되는 그런 이유로 해서 본느프와의 예술론은 하이데거Heidegger의 예술론을 거부하는 것이 된다. 하이데거에 따르면 예술은 예술작품 속에 있다. 예술작품은 보이는 현실을 미학적으로 아름답게 부활시키는 차원보다 훨씬 더 상위 수준의 개념인 논리적이고 항구적인 진리를 간직한다. 예술작품은 그 자신의 진짜 본질 속에서, 보이는 것에 지나지 않는 것과는 다른 그 무엇, "예술가가 자기 직업을 통해 창조하는 작품의 그 무엇"14)을 표현하고 세계를 정착시키는 존재 – 작품이 되며, 스스로의 존재학을 정립한다는 것이다. 그림 위에서 있는 그대로 보이는 것보다는 보이지 않는 그 무엇이 작품 자체에 고유한 예술 창조적 요소가 된다고 보는 하이데거의 이런 관점에 반대되는 이상 본느프와의 비평은 그림의 형태와 내용을 구분하지 않는다고 할 수 있다. 그림의 이 이원성 문제만 생각한다면, 그의 비평은 헤겔Hegel의 미학과도 대치된다. 헤겔에게서는, 예를 들면 무엇인가를 상징하는 예술품의 형태와 내용은 단지 하나의 작품을 형성하기 위해서 결합될 뿐 일치되지는 않기 때문이다 : "무엇보다도 상징예술을 특징짓는 것은 그것이 어떤 순수한 개념들에 또 그에 알맞은 어떤 표현법에 이르기 위해 헛된 노력으로 정력을 다 소모해 버리기 때문에 이상적인

---

14) Martin Heidegger, *Chemins qui ne mènent nulle part*, Paris, Gallimard, 1962, p.17.

것에 대한 진짜 개념과는 여전히 상반되는 내용과 이것과 더 이상 동질적인 것이 아닌 형식 간의 투쟁이다."[15]

본느프와의 비평은 결국 그림이 그 스스로 존재 가치를 갖는다면 아리스토텔레스의 모방 이론의 의미에서 재현, 즉 재창조물이 될 수 없고 그래서 역사적 계속성 개념으로도 설명될 수 없음을 보여준다. 그림의 끊임없는 재창조적 가치는 바로 그것 앞에서 그들 간의 상호관계를 구조화시키는 사회 성원들의 말하는 행위가 지속되는 역사 속에 항구적으로 축적되고 있다는 데서 오는 것이다. 실제로 한 관점에 따르면 "예술작품의 의미는 그것의 수령 발전을 따라서만 성립된다."[16] 사회 성원들을 인류로서 존재하게 하는 유일한 조건인 그들의 언어가 그렇게 해서 그림을 역사에서 외면당하게 하지 않고, 또한 그림의 '현존성'을 정립하게 한다.

그림의 자기 목적성을 배제하는 것 등을 비롯해 지금까지 살펴본 본느프와의 비평과 시에서 그 자신의 작품들과 그 속에서 언급되는 미술작품들이 모두 재창조물이 된다는 점은 고대 이래로 끊임없이 제기되어 오는 문학과 예술의 두 장르가 창조의 세계인가 모방의 세계인가라는 질문에 대해, 하나의 결론적인 답변을 모색하게 했다는 데서 다소 그 의의가 있다고 하겠다.

---

15) Hegel, *Esthétique*, Paris, PUF, 1953, p.37. 본느프와의 저서들에서는, 문학과 예술, 그리고 철학 분야에 관련된 사색들이 때로 헤겔과 하이데거의 사상들과 일치되기도 하고 대립되기도 한다. 이런 이유로, 이 시인의 예술론을 이 두 철학가의 이론과 비교한다.

16) Hans Robert Jauss, *Pour une esthétique de la réception*, Paris, Gallimard, 1978, p.99.

본느프와의 시와 비평, 그리고 이 작품들에 나오는 그림들을 정의하는 재창조물이란 말에서 재창조 또는 창조 개념은 그의 문학작품들과 다른 화가의 미술작품들 자체를 뜻하기도 하고 이 모든 작품이 생산되고 있는 과정이나 단계를 뜻하기도 한다. 이 창조 개념 속에는 본느프와가 쓴 작품들의 언어 현실은 언술 행위자의 주체적 사고를 위한 특수양태이기 때문에 이 현실이 바로 그의 시와 비평에 또 미술작품들에 주관인인 담화의 의미를 주고서 세계를 재현시킨다는 의미가 들어 있다. 그림들에 관련된 본느프와의 시와 비평에 모두 필연적으로 성립되는 보고 '읽는다'는 것의 인과관계는 결국, 그림'언어'가 문학언어에 의해 그 다음의 가치를 갖는다는 것을 알게 한다. 이 가치는 본느프와의 문학언어가 어떤 미사여구 등을 그림'언어'에 덧붙여서 만들어 낸 것이 아니고 그 문학언어의 주체적인 담화 순간이 매번 유일하게 그림들을 가득 채우면서 형성되는 창조적 현실이다. 이로써, 그 가치는 화가들이 그림을 손으로 그린다는 단순한 그 사실만으로가 아니고, 화가들의 주체의식이 개입되는 그들의 작품 제작 과정을 보여주는 듯한 그림 형상의 구조를 통해서 의미작용이 존속하는 역사적 현실이다.

끝으로 조금 더 부연하면, 독자와 관람객이 시와 회화를 어떻게 읽고 보는가에 따라 개성적인 생명체로서의 시인과 화가의 끊임없이 타오르는 유기체 활동은 상상적 표현 예술 형식으로 바뀐다. 이런 공통점에도 불구하고 시와 회화는 그들의 청각적 혹은 시각적 형식에 따른 차이점이 너무 크다. 시는 일상적인 의사소통 기능만의 단순한 차원을 넘어 독자와의 정서적 유대관계를 맺게 하는 언어 속에서 어떤 의미적인 상징체계를 만들고 반면에, 회화는 빛이나 색깔 등 사용 재료들의 특성상 실제의 부피 없이 명암의 강도에 따라서만 배경이나 대상들의 위치 설정을 하면서 의미적인 입체 공간들을 만든다. 시와 회화의 이런 필연적인 이질성은 아리스토텔레스적인 의미에서 그것들의 재현성 또는 재창조성을 시인의 언어 면에서 그리고 조형물질의 이 언어에의, 또 화가의 언어에의 관계 면에서 더 깊이 파악해 보도록 많은 문제를 제기한다. 이 점이 바로 그림 앞에서 이루어지는 본느프와의 시 창작과 비평의 독창성이다.

8
이브 본느프와의
셰익스피어와 예이츠 시 번역
- 시 번역론 고찰

셰익스피어William Shakespeare(1564-1616)와 예이츠William Butler Yeats(1865-1939) 작품들의 담화체계는, 이브 본느프와가 시를 쓰는 데 있어서 아주 중요시하는 시 구조의 직능 파악에 많은 도움을 준다. 실제로 그 담화체계는 본느프와에게 불어와 영어 리듬의 다른 특성들이 불시와 영시의 형식을 다르게 하는 기본 요인임을 알게 해 불시 작법 이론을 재조명하게 한다. 게다가 그 두 외국작가의 작품세계는 전반적으로 본느프와의 작품이 추구하는 것에도 부응한다. 본느프와에게 시를 쓰는 행위는 조형물질들로 구성되는 예술 작품들을 연구하며 언어가 창조하는 대상들의 '지금 여기서'의 상황 속에서 어떤 절대적인 것 같은, 통일된 것을 발견하는 데 있다. 본느프와의 이런 추구가 그 두 작가의 문학 추구에서도 유사하게 나타나는 듯하다. 본느프와가 시를 쓰면서 다른 한편으로는 그 두 작가의 작품들을 번역하는 것은 바로 이런 이유들 때문이다.

셰익스피어 문학은 17세기 영국의 엘리자베드Elisabeth 치세 동안에, 그리고 예이츠 문학은 20세기 아일랜드Irlande에서, 기존의 문화적 영향을 받으며 그 기반을 닦았다. 그들의 작품 속에는 따라서 그 두 나라 대중의 집단의식과 그들이 사회에 대해서 가지는 개인적인 의식이 간직되어 있다. 그들 작품에 대한 본느프와의 번역은 바로 이런 상황을, 그 당시 두 나라의 역사에서 전개된 사실들과 본느프와의 현재 프랑스 역사에서 전개되는 사실들이 대립되기도 하고 일치되기도 하는 양상 속에서, 신빙성 있게 부활시키려고 한다. 이는 곧, 그 두 작가와 본느프와의 문화적인 주체의식들의 차이를 극복해서, 궁극적으로는 다른 언어들 속에서 사는 과거와 현재, 미래의 프랑스 국민과 영국 국민, 아일랜드 국민 간의 정신문화 간격을 좁히려는 것이다.

본느프와에게 셰익스피어와 예이츠의 작품들에 대한 불어 번역이 궁극적으로 영국과 아일랜드, 프랑스 간에 나타나는 서로 다른 정신문화의 차이를 좁힐 수 있기 위해서는, 무엇보다도 그들 작품들의 형식과 동일하게 번역이 이루어져야 한다. 그 두 외국작가 작품들의 구조 속에는 그들 나라 대중의 사회의식과 그들 개인의 사회의식이 흐르는 역사의 계속성이 간직되어 있고, 이 계속성은 원작들과 같은 형식의 불어 번역작품들 구조 속에서만 프랑스 역사의 계속성과 만날 수 있기 때문이다. 20세기에 예이츠의 시 작품들 번역은 원래의 시 형식을 유지하고 있으나, 셰익스피어의 극시(劇詩)들 번역은 17세기 이래로 그렇지 못하다. 셰익스피어의 희곡들은 거의가 시들로 구성되어 있어, 시행 간의 경계가 문장 속에서 단어들의 수사학적인 표현을 위한 결합 차원을 넘어, 리듬의 조화 속에서 이루어져 있다. 그런데 17세기 이래로 프랑스 번역가들은 흔히 그 원래 극시들의 단어들만 고려하며 형식을 바꿔 버렸기 때문에, 시들의 그런 고유 특성들을 제대로 보여주지 못한다. 번역의 이런 오류를 시정하기 위해, 셰익스피어의 작품들에 대한 재번역은 불가피하다.

셰익스피어와 예이츠의 작품들을 같은 형식 속에서 번역해야 한다는 본느프와의 생각은 이 번역가 작품의 언어가 어떻게 동일 구성 형식 속에서 그 두 외국작가 작품들의 언어를 다시 현실화하는지 보아야 하는 문제를 제시한다. 따라서 본 연구는 셰익스피어의 여러 극시 중에서 특히 『겨울이야기 *The Winter's Tale; Le Conte d'hiver*』와 예이츠의 여러 시 중에서 「비잔틴 Byzantium; Byzance」이 어떻게 본느프와의 번역작품들이 되는지 살펴볼 것이다. 원작들의 시행들로 이루어진 운문시들이 어떻게 번역작들에서도 같은 시형을 유지하고 있는지 시들의 직능 면에서 검토해 보려고 한다. 이때, 원작품들에서 나타나는 조형예술 개념이 번역작품들 속에서 어떻게 다시 나타나는지도 관찰해야 할 것이다. 이는 곧, 본느프와의 번역이론을 확인하기 위해서이다.

시행에서 시행으로의 번역

본느프와는 원작의 형식을 그대로 유지하는 번역을 강조하기 때문에 셰익스피어의 희곡 『겨울이야기』의 시행들로 구성된 시 형식을 시구verset[17])들로 구성된 시 형식으로 번역하는 것을 반대한다. 이런 식으로 번역을 하면, 엄격히 구분되는 각 시행의 고유한 언어 리듬과 운율리듬[18])이 사라져 어떤 의미적인 형상만을 드러내는 언어현상의 전달 작업만 되어 버리기 때문이다. 셰익스피어의 그 희곡처럼 예이츠의 「비잔틴」이라는 시행들로 구성된 시도 본느프와 번역에서는 같은 시행의 형식을 유지하고 있다. 이처럼 시행을 시행으로 번역해야만 하는 필연성을 본느프와는 이렇게 말한다.

> 이런 불가피함 때문에 시행으로 쓰인 것은 시행으로 번역되어야 한다. 번역가가 세계에 대한 자신의 고유한 경험을 통해 당연히 얻게 되는 분명 새로운 방식으로 시행에 생기를 주어야 함은 말할 나위가 없다.

> Et cette fatalité demande que l'on traduise en vers ce qui fut écrit en vers, quitte à vivre le vers de la façon sans doute nouvelle qu'impose au traducteur sa propre expérience du monde.[19])

셰익스피어와 예이츠의 그 원작들과 본느프와의 번역작들이 그

---

17) 시구(詩句)는, 언어배치의 길이가 시행보다 더 자유롭게 확장되고, 언어리듬의 계속성도 마치 산문시를 이루려는 듯이 진행되는 시의 구절을 말한다. 따라서 줄 바꿈을 한 구절들의 첫 글자는 대문자로 표기되지 않는다.

18) 언어리듬과 운율리듬은 다르다. 시 속에서 의미sens를 생산하는 담화의 기본조직이 시행들의 언어 자체에서 만들어지는 리듬 상황에 따라 이루어진다고 볼 때 언어리듬을 말할 수 있고, 반면에 담화의 조직이 시행들의 운율 체계를 이루는 음절들의 강세 현상에 따라 이루어진다고 볼 때 운율리듬을 말할 수 있다. 두 리듬의 이런 차이점은 다음 정의에서 추론될 수 있다 : "[…] 리듬은 시행하고만 일체가 되는 시로부터 담화로 통과하고 동시에, 언어로부터 담화로 통과한다. 운율 기호체계는 하나의 리듬 기호체계, 즉 운율리듬과 언어리듬의 기호체계가 된다."(Gérard Dessons et Henri Meschonnic, *Traité du rythme(Des vers et des proses)*, Paris, Dunod, 1998, p.70).

19) Yves Bonnefoy, "Traduire en vers ou en prose", *Théâtre et Poésie: Shakespeare et Yeats*, Paris, Mercure de France, 1998, p.209.

처럼 동일한 형태를 하고 있어도 시의 직능은 이 두 영역에서 다소 다르게 나타날 수 있다. 이 두 외국작가의 글 쓰는 법과 본느프와의 글 쓰는 법이 약간 다를 수 있기 때문이다. 아니면 이 세 작가의 글 쓰는 법이 거의 같아 시의 직능이 두 영역에서 유사하게 이루어질 수도 있다. 이런 양면적인 문제들과 그에 따른 조형예술 개념을 먼저 셰익스피어의 희곡과 그리고 예이츠의 시 순서로 검토해 본다.

8.1. 셰익스피어의 극시

셰익스피어 작 『겨울이야기』의 시 구조적 재탄생을 위해 본느프와의 번역언어는 이 영시의 리듬을 바꾸거나 유지할 수도 있을 것이고, 이로 해서 번역시에서 영시의 구두점이 바뀌거나 그 반대일 수도 있을 것이다. 시 언어의 의미작용signifiance[20]에 관련되는 이런 추론에 입각해 본느프와의 번역시 속에서 영시의 연극성이 어떻게 다시 나타나는지 보고, 더불어 조형예술 개념도 파악해 볼 것이다. 우선, 『겨울이야기』에 나오는 레옹뜨Léonte라는 인물의 대사 하나를 소개한다.

---

20) 의미작용이라고 번역될 수 있는 signifiance 개념은 언어학자들에 따라 다소 다르게 정의되나 근본적으로는 기호론과 의미론의 두 이론에서 나온다. 특히, 의미론에서는 언어기호 체계속에서 담화의 의미sens가 형성되는 과정 동안에 이루어지는 의미하는 방법을 주로 의미작용이라고 한다. 의미가 형성될 때에는 언어리듬이 담화의 언어적인 흐름을 좌우하고 이런 언어 상황은 표현형식 속에서 드러난다.

레옹뜨

그녀가 정말 그렇게 될 수 있었다면, 지금,
내가 위안이 되게, 이 초상 조각이
내 마음을 뒤흔들고 있으니! 오, 그녀가 그렇게 있었지,
존엄하게 바로 이런 생명력으로, 따뜻하게
지금 그녀가 차가운 것만큼이나,
내가 그녀에게 청혼했던 그날, 부끄럽도다.
돌이 나를 나무라지 않는가
바로 그 돌보다도 더 무정했다고? 훌륭한 작품이여!
그대의 존엄성에는 있나니 무엇인가 신기한 것이
나의 잘못들을 내 기억 속에서 다시 상기시키고
그대 딸의 넋을 빼앗는 것이, 몹시 놀라,
그대 앞에서 돌처럼 굳어버린 딸.

Léonte

Comme elle aurait pu l'être, en ce moment,
Et pour mon réconfort, autant que ce portrait
Me bouleverse l'âme! Oh, elle se tenait ainsi,
Exactement avec cette vie dans la majesté, chaleureuse
Autant que maintenant elle est froide, le jour
Où je l'ai demandée en mariage. J'ai honte.
N'est-ce pas que la pierre me reproche
D'avoir été pierre plus qu'elle-même? OEuvre royale!
Il y a dans ta majesté une magie
Qui renflamme mes torts dans ma mémoire
Et ravit les esprits de ta fille qui, stupéfaite,
Est pétrifiée devant toi.[21]

---

21) Yves Bonnefoy, *Le Conte d'hiver*, traduction de *The Winter's Tale* de William Shakespeare, Paris, Gallimard, 1996(Paris, Club Français du Livre, 1957), p.200.

Leon

As now she might have done,

So much to my good comfort as it is
Now piercing to my soul. O, thus she stood,
Even with such life of majesty, warm life,
As now it coldly stands, when first I woo'd her!
I am asham'd: does not the stone rebuke me
For being more stone than it? O royal piece!
There's magic in thy majesty, which has
My evils conjur'd to remembrance, and
Form thy admiring daughter took the spirits,
Standing like stone with thee.[22]

소개된, 레옹뜨의 대사인 불어시와 영어시는, 셰익스피어의 희곡, 『겨울이야기』의 마지막 장면(5막 3장)의 일부를 이룬다. 시칠리아 Sicile의 왕비 에르미온느Hermione는, 간통죄를 저질렀다는 이유로, 질투에 사로잡힌 남편, 왕 레옹뜨와 16년 동안 헤어져 지낸 후, 돌 조각상("portrait" en "pierre", "oeuvre royale"; "stone", "royal piece")으로 변장해서 왕 앞에 다시 나타난다. 레옹뜨는 이 돌 조각상을 보며 지난날을 회상하고 있다. 이런 내용은 그 불시와 영시의 연극 언어의 직능에 따라 생산된다. 따라서 우선, 이 직능에 관련되는 리듬 상황과 구두점 상황을 살펴보며, 어떻게 불시 속에서 영시가 재출현하는지 보려고 한다.

---

22) William Shakespeare, *The Winter's Tale*, edited by J.H.P. Pafford, London, Methuen & Co Ltd., Cambridge, Massachusetts, Harvard University Press, 1963 et 1966, pp.155 - 156. 셰익스피어의 희곡들에 있어서 출판업자들은 이 작가의 생존 당시인 17세기와 그 이후에도 계속 자기들 취향에 따라 그가 사용한 구두점들을 바꾸어서 출판했다. 따라서 셰익스피어의 작품들은 항상 원작의 신빙성이 문제된다. 이에 따라 본 연구에서는 본느프와가 이 『겨울이야기』에 대한 한 주석에서 언급했던 판본을 원전으로 사용한다.

8.1.1. 구두점과 언어리듬

본느프와의 그 번역시와 셰익스피어의 그 영시에서 우선 나타나는 특징으로는 운(rime)이 없다는 것이다. 원래 불시와 영시에서 운은 각 시행을 끝내는 낱말들의 같은 모음이 반복될 때 이루어진다. 이런 조건이 본느프와의 그 번역시와 셰익스피어의 그 영시에서는 충족되지 않는다. 외국시 번역은 운을 전달하는 것이 그렇게 중요한 문제는 아니기 때문이다. 대신 외국시 번역은 원작시를 구성하는 담화체계에 입각해서 시의 구조를 되살려야 한다는 관점에서, 본느프와의 번역시는 셰익스피어의 영시에서의 담화체계의 중요 부분들인 언어리듬과 구두점 활용 문제에 더 많은 관심을 갖는 듯하다. 본느프와의 시 행위에서의 이런 방향은 "이브 본느프와는 언어의 형태, 시의 형식을 다루는 하나의 사색집 완성을 추구한다."[23) 는 말에서도 확인할 수 있다. 본느프와의 번역시에서 그런 관점을 실제로 보여주는 예들을 보면 다음과 같다.

영시의 문장 "As now she might have done, /So much to my good comfort as it is /Now piercing to my soul"을 끝내는 마침표가, 불시의 문장 "Comme elle aurait pu l'être, en ce moment, /Et pour mon réconfort, autant que ce portrait /Me bouleverse l'âme!" 에서 감탄부호로 바뀌었고, 반대로 영시의 문장 "O, thus she stood, / Even with such life of majesty, warm life, /As now it coldly stands, when first I woo'd her!"에서 감탄부호는 불시의 문장 "Oh, elle se tenait ainsi, /Exactement avec cette vie dans la majesté, chaleureuse /

---

23) F. E. "Yves Bonnefoy", *La Quinzaine littéraire*, n. 14, 15 au 31 octobre 1966, p.7.

Autant que maintenant elle est froide, le jour /Où je l'ai demandée en mariage."에서 마침표로 바뀌었다. 그리고 영시의 문장 "I am asham'd: does not the stone rebuke me /For being more stone than it?"에서 두 점은 불시의 문장 "J'ai honte, /N'est − ce pas que la pierre me reproche /D'avoir été pierre plus qu'elle − même?"에서 쉼표로 바뀌었다.

그 불시와 영시의 작시법들은 물론, 전체적인 운율조건도 다르므로 운율을 이루는 문장 구성 면에서 부분적인 언어리듬만 고려하면 위에서 제시된 세 경우 중 처음 두 예에서는 구두점들이 바뀌었어도 불시와 영시 문장들 끝 부분에서의 언어리듬의 강세 현상은 같다. 구두점들이 변경되거나 되지 않거나 불시의 그 두 문장을 끝내는 단어 그룹들, 'âme'와 'mariage'는 영시의 두 문장을 종결짓는 'soul'과 'her'라는 단어들이 강한 리듬을 받듯이(영시 문장들에서 각 단어가 악센트를 지니는 것과 이 리듬 문제는 다르다) 강한 '문장구성악상accent syntaxique'[24]을 받는다. 사실, 그 마침표들과 감탄부호들은 불어 문장에서건 영어 문장에서건 문장이 종결되는 것과 또 종결 부분이 강한 리듬을 받는 것을 표시한다. 이처럼 그 두 구두점과 관련되는 상황에서 불시와 영시 문장들 끝에서의 언어리듬의 강세 현상은 같지만, 이 구두점들이 인쇄상으로 표현하는 기호적인 의미는 다소 다르므로, 이 구두점들을 반대로 사용하는 그 문장들에서 레옹뜨의 감정 표출 상황에는 약간의 차이가 있다. 실제로 문학작품들에서는 흔히 화자들의 생각이 여러 다른 현실 상황에

---

24) 문장구성악상은 한 문장 속에서 명사나 형용사 등 어떤 단어가 독자적으로 의미를 발하는 하나의 소문장이 되게 하는 강한 리듬의 명칭이다.

서 유형별로 다르게 전달되도록 기호적인 의미가 다른 여러 종류의 구두점들이 사용된다. 다음 견해를 참고해 본다 : "구두점은 […] 우연적으로 나타나는 효과도 아니고 또 어떤 선험적인 규칙들이나 환상으로부터 오는 효과도 아니다. 동시에 시대에, 저서 종류에, 전달 형태에 그리고 결국은 개인들에 의한 활용에 관련된다."[25]

앞에서 언급된 불어 두 문장과 영어 두 문장의 문장 끝에서 이루어지는 언어리듬의 강세 현상이 같고 또 이 문장들이 마침표와 감탄부호라는 이런 강한 리듬을 표시하는 종결부호로 끝나기 때문에 이 두 구두점이 문장들에서 뒤바뀌어 사용되었어도 문장들은 각각 전체적으로는 같은 의미를 생산한다. 즉, 레옹뜨는 에르미온느를 돌 조각상으로라도 보면서 회한이 섞인 기쁨으로 그의 영혼("âme"; "soul")이 뼈에 사무치는 듯 뒤집히는("me bouleverse"; "is […] piercing") 감정 상태를 맛보고, 또 그녀가 그의 청혼("je l'ai demandée en mariage"; "I woo'd her")을 받았을 때처럼 따뜻한 생명력("cette vie […], chaleureuse"; "warm life")을 지니고 있음을 기뻐하고 있다.

그러나 불어 첫 문장은 감탄부호로 끝나기 때문에 레옹뜨의 마음이 뒤집히는 감정 상태는 그 돌 조각상에 대한 감탄과 놀라움으로 해서 그가 평소에 느끼지 못했던 강렬한 것임을 나타내고 또 그런 감정 상태는 한순간이라도 멈추어지지 않을 것임을 보여준다. 반면에 영어 첫 문장은 마침표로 끝나기 때문에 레옹뜨의 뼈에 사무치게 뒤흔들리는 감정 상태가 더 이상 진전이 되지 않고 일단 완

---

25) L'expression de J. Varloot, dans *La Ponctuation(Histoire et système)* de Nina Catach, Paris, PUF, 1994, p.113.

결이 되는 것을 보여주고, 그리고 그다음 문장이 레옹뜨의 또 다른 정서 상태를 새롭게 생산할 것임을 예측하게 한다.

그리고 불어 두 번째 문장은 마침표로 끝나기 때문에 그 돌 조각상에서 에르미온느의 생명력을 느끼는 레옹뜨의 기쁨이 이제 더 이상 해야 할 말이 없는 완성된 정서 상태로 한순간 멈추어지면서 또 다른 감정으로 연결될 하나의 감정 단위로서 정확하게 축적되는 것을 말한다. 반면에 영어 두 번째 문장은 'o'라는 단음절의 감탄사와 짝을 이루는 감탄부호로 끝나기 때문에 레옹뜨가 자신이 지금 '현재' 맛보고 있는 그 기쁨이 아직도 미심쩍어 이를 확인하려는 듯이 다시 찾으며 그의 기쁜 감정의 모호성을 없애려 하는 것을 보여준다.

앞에서 제시된 불어와 영어로 된 세 문장 중 그 두 예에 이어, 언어리듬과 구두점 문제에 관해 마지막 경우("J'ai honte, /N'est‒ce pas que la pierre me reproche /D'avoir été pierre plus qu'elle‒même?"; "I am asham'd: does not the stone rebuke me /For being more stone than it?")를 보면, 'J'ai honte'라는 소단위의 불어문장은 쉼표로 끝마침이 표시되고, 'I am asham'd'라는 소단위의 영어문장은 두 점으로 마무리 지어진다. 이런 구두점 상황들은 이 두 소단위 문장들의 언어리듬 조건과 관련된다. 우선, 불어단어 그룹 'honte'와 영어 단어 'asham'd'는 모두 강한 리듬을 지닌 채 구두점들을 동반한다. 그런데 세부적으로 보면, 이 'honte'는 쉼표를 동반하며 '외적 척치'[26] 상태에 있어 그 강한 '문장구성악상'은 다음

---

26) 의미적으로 또 문법적으로 서로 연결되는 단어들이 한 시행에 위치하지 못하고 다음 시행에 놓여 있는 상태를 '외적 척치'라 한다. 이 상태는, 한 시행의 두 개의 반구 사이에서 이루어지는 '내적 척치' 상황과 대비된다.

시행을 열며 갑자기 터져 나오는 'n'est'(이 단어들, 'ne'와 'est'는 불어 문장에서는 보통 악상을 갖지 않는다)의 '자음공격악상accent d'attaque consonantique'27)과 연결되고 이어서 '충돌악상contre – accent'28)을 형성하기 위해, 시행 끝에서 잠시 머문다. 반면에, 'asham'd'는 두 점을 동반하며 '외적 척치' 상황에 있지 않아, 그것의 강한 리듬은 시행 중간에서 곧이어 나오는 설명 구문의 첫 번째 단어 'does'의 강한 리듬과 부딪혀 새로운 리듬을 즉시 형성한다.

상기의 그런 언어리듬 상황에서 쉼표로 끝마쳐진 구문 'J'ai honte'를 포함하고 있는 그 불문장은 그렇게 해서 레옹뜨의 다음과 같은 감정을 생산한다. 즉, 그는 지금 부끄럽지만 이 수치라는 결과("J'ai honte")의 파장은 아주 섬세하게 느껴질 뿐 확정적이지는 않아 어떻게 될지 모르는 것이고 그런 수치의 원인("N'est – ce pas que la pierre me reproche /D'avoir été pierre plus qu'elle – même?") 은 바로 그가 16년 전에 에르미온느에게 돌 조각상의 돌보다도 더 매정하게 했다는 생각이 이제 떠오르는 데 있는 것이다. 반면에 앞에서 언급된 그런 언어리듬 조건 속에서 두 점으로 마무리된 구문 'I am asham'd'를 가진 그 영어 문장에서는 레옹뜨가 부끄럽다고 느끼는 것("I am asham'd")에 대한 설명이 소문자로 시작되는 그다음 구문("does not the stone rebuke me /For being more stone than it?")에서 아주 신속히 이루어진다. 이때 레옹뜨의 수치스러움은 불문장에서처럼 그가 16년 전에 에르미온느에게 돌 조각상의 돌보다

---

27) '자음공격악상'은 자음으로 시작되는 단어가 문장 속에서 적극적으로 어떤 의미작용에 참여하게 한다.

28) '충돌악상'이라고 번역될 수 있는 'contre – accent'은 문장 속에서 두 단어 그룹들이 연달아 악상을 지닐 때 두 개의 악상이 부딪히며 형성되는 강한 리듬을 지칭한다.

도 더 무정하게 행동했다고 생각하기 때문에 오는 결과적 사실이다. 그러나 영문장에서의 이 인과관계는, 두 점으로 구분되는 두 구문의 각각의 의미가 불문장에서보다 더 논리적으로 상호의존적인 결합을 하는 데서 온다.

지금까지 살펴본 레옹뜨의 대사를 구성하는 세 개의 그 불어 문장들에서는 영어 문장들의 구두점들이 바뀌어 버린다. 구두점은 사실 단어와 가치가 같아서 불어 문장들에서의 구두점 변경은 연쇄적인 말들 속에서의 어떤 구체적인 계속성을 영어 문장들에 다소 다르게 만들어 주고 이로 인해, 그 영시 전체의 공시체계에 약간의 변화를 갖게 한다. 구두점 변경과 관련된 이런 상황은 그 불문장들의 언어리듬 현상과 분리될 수 없다. 실제로 이 두 조건은 레옹뜨의 불어 대사에서 (영어 대사에서처럼) 이 인물 담화체계의 주요 부분들이다. 특히, 그 언어리듬은 단순히 단어들의 음성적인 고저를 나타내는 억양 현상이 아니고, 불어 대사 전체를 이루는 다른 문장들의 언어리듬과 함께 레옹뜨 담화의 의미작용을 건설하는 주요 핵심이 된다. 언어리듬이 담화를 창설하는 이런 국면은 앙리 메쇼닉Henri Meschonnic이 일반적인 상황에 관련해서 내린 다음 정의에 부응한다 : "담화에서 담화는 리듬이고 리듬은 담화이다. 리듬은 낱말들 속에 숨겨진 내면적인 어떤 비밀스러운 담화가 아니고 담화 그 자체이다."[29]

레옹뜨의 불어 대사에서 그의 담화체계의 중요 부분들인, 예를 든 그 세 개의 불어 문장들에서의 구두점 변경과 언어리듬 상황은

---

29) Henri Meschonnic, *Critique du rythme(Anthropologie historique du langage)*, Paris, Verdier, 1982, p.216.

그의 불어 대사 전체 조건 속에서 그의 영어 대사의 의미에 부분적으로 새로운 뉘앙스를 준다. 영어 대사의 이런 새로운 극적 효과는 불어 대사의 언어 직능이 그 인물 역을 맡은 배우의 대화체 어법을 통해 무대화될 때 더욱 증가될 수도 아니면 그 반대일 수도 있을 것이다. 이 점에서 본느프와의 그 극시 언어의 무대화를 간략히 살펴보려고 한다.

8.1.2. 대사의 무대화

본느프와의 그 불시의 무대화가 셰익스피어의 그 영시의 다소 새롭게 된 극적 효과를 더욱 증대시킬 수도 시키지 않을 수도 있게 하는 불어 대화체 어법은, 즉 레옹뜨라는 인물을 맡은 배우의 어법은 우선 주어대명사 'je'로부터 나오는 이 인물의 주체적인 힘과 에르미온느를 지칭하는 주어대명사 'elle'로부터 나오는 지시적인 힘을 결합시킬 것이다. 이때 그 배우의 목소리를 통한 리듬언어와 그의 몸짓'언어'는 보통 사람들이 평소에 무대 밖에서 실시하는 언어와 행동과는 다소 다르면서도 자연스럽게 들리고 보일 것이다. 배우는 자신의 몸짓을 쓸데없이 하지 않고 경제적으로 하며, 그의 몸짓과 담화를 동일화시켜 불시의 극적인 특성을 높이려 할 것이다. 이런 종류의 동일화는 "그 의미가 발신자와 수신자, 그리고 그들 문화상의 그룹이 알고 있는 것이고, 또 일상적인 언어표현과 마찬가지인 몸의 메시지"[30]라는 의미에서도 말해질 수 있을 것이다.

그 불어 극시의 쓰여 진 언어에 입각한 배우의 그런 특별한 어

---

30) Marc-Alain Descamps, *Le Langage du corps et la communication corporelle,* Paris, PUF, 1989, p.190.

법에 의한 연기를 통해, 그 영어 극시의 의미작용이 관객의 언어 속에 투시될 것이다. 언어 주체로서의 관객의 개인적인 생각은 사회의 집단적인 사고방식과 섞이면서, 배우의 언어적 어법과 몸짓 '어법'을 그 나름의 언어 구조망 속에서 해석하고 여기에 그만의 감성을 추가해 새로운 극 생산에 한몫을 할 것이다.

결국, 무대 위에서 불어 대화체 어법에 의한 그 배우의 리듬언어와 몸짓이 그의 압축된 연기를 나오게 할 것이고, 이에 관객의 언어가 작용하는 상황이 되풀이될 것이다. 이런 모든 무대화된 연극 불어 조건의 역사적 계속성이 레옹뜨라는 영시의 인물이 불시 속에서 사실은 자기 부인인 돌 조각상을 보고 느끼는 감정 상태를 무대 위에서 아주 실제 현실처럼 드러나게 할 수 있을 것이고, 더불어 영시의 이 부부 얘기에 대한 의미적인 인과관계도 무대 위에서 더욱더 활성화시킬 것이다. 바로 이것이 불시 언어 자체의 직능으로 이미 다소 새로워진 영시의 극적인 힘을 계속 더욱더 새롭게 하는 그 불시 상연의 연극성이라 하겠다.

그 영시가 불시 자체의 언어 직능과 무대화를 통해 계속 더욱더 새로운 연극적 효과를 낼 수 있다면 영시 속에서 이루어지는 그 돌 조각상의 가치도 이런 이중 작용을 하는 불시 속에서 다시 새롭게 나타날 수 있을 것이다.

8.1.3. 조각예술

불시의 상연 동안에 관객 앞에 나타나는 그 돌 조각상의 가치는, 이 작품을 전문적인 지식인의 이성적 시각을 가지고 보는 관객과 또는 그저 단순한 대중의 감성으로 보는 관객에 따라 달리 드러날 것이다. 그러나 이 두 부류의 관객은 이런 시각적인 인지작용을 유발하는 그 작품의 직접 보이는 형체 외에 오직 그 영시의 언어와 이를 번역한 그 불시의 메타언어만으로 눈에 보이지 않으면서도 그 가치를 발하는 작품에 임할 수 있다.

실제로 그 불시와 영시에서는, 'magie; magic', 'stupéfaite; admiring', 'pétrifiée; standing like stone'이라는 용어들이 문장들 전체 구조 속에서 왕 레옹뜨의 부인 에르미온느의 변장물로 나오는 그 돌 조각상을 직접적으로 또는 간접적으로 특징짓고 있다. 조각상은 레옹뜨에게는 어떤 마법("magie"; "magic")으로 만들어진 것처럼 신기한 것이고, 이 조각 앞에("devant toi"; "with thee") 있는 그 부부의 딸("fille"; "daughter")에게는 아연실색해서 돌처럼 굳어질 것 같은 놀라운 것("stupéfaite"; "admiring", "pétrifiée"; "standing like stone")이다. 따라서 돌 조각상은 이 두 사람에게 모두 마치 살아 있는 에르미온느를 보는 듯한 마술적이고 놀라운 환상을 갖게 한다.

그 작품의 그런 특징들이 불시와 영시에서는 셰익스피어가 이 영시를 쓸 당시에 유행했던 조각방법에서 왔다고 할 수 있다. 이 조각술은 흔히 좀 이상한 방법으로 사람 눈을 속여 환상을 불러일으키기 위해 돌 재료의 선과 점들의 조형적 구성에 따라 놀라운 표현효과를 내려고 한다. 불시와 영시에 있는 이런 조각방법은 특히, 20세기에 번역된(1957년) 이 불시에서 조각가의 능숙한 손 작용에 의한 기교주의적 기술법으로 정의될 수 있을 것이다. 이 기술이 양식화된 그 돌 조각상을 만들어 내었고, 그로써 이 조상은 겉으로는 말을 못 하지만 에르미온느라는 왕비의 실제 모습을 보여주고 있는 것이다. 사실 "기교주의적 양식의 생산법은 […] 존재한다는 것과 나타난다는 것의 변증법 속에서 파악되어야 한다 : 겉으로 보아서 주체는 자기가 아무것도 아니고 아무것도 할 수 없다고 하나, 실은 그 주체 자신의 무가치함을 이렇게 보여주는 것은 자신의 존재를 뚜렷이 나타내려는 의지에 부합한다."[31]

이상의 모든 점이 그 불시와 영시의 언어 상황 자체에서 생산된 그 돌 조각상의 가치가 되고 조형예술 개념이 된다.

돌 조각상의 예술 면과 극시로서의 언어 면, 극적인 면 등 그 영시가 불시 속에서 다소 새롭게 그리고 계속 부활되는 그 모든 조건들은 근본적으로 영시의 주체적인 담화를 불시 언어가 묘사하지 않고 다시 언술하는 데서 오는 것이라 할 수 있다. 번역 언어인 불어가 영어와 초점을 맞추기 위해 그 내부로 들어가 활동하면서 얻어지는 결과다. 번역에서 이런 초점 맞추기는 번역작품이 번역이라는 인상을 주지 않으며 과학적인 시학 작품이 되고, 그래서 두 개의 텍스트가 상호 관련되면서도 동시에 독자적일 수 있기 위한 두 언어와 두 문화의 상호통과 과정이라 할 수 있다 : "'상하좌우로 이동하기'는 두 언어 - 문화 속에서, 언어의 언어적인 구조가 텍스트 체계 안에서 가치가 있기 때문에 이 언어 구조에서까지 두 개의 텍스트 간의 텍스트적인 관계이다."[32] 셰익스피어의 영시가 본느프와의 불시 속에서 부활되는 그 모든 조건들은 결국, 본느프와 번역 동안에 도착언어의 출발언어에의 관계 속에서 일어나는 영시의 언

---

31) Claude—Gilbert Dubois, *Le Maniérisme*, Paris, PUF, 1979, p.26.

32) Henri Meschonnic, *Pour la poétique* Ⅱ (*Épistémologie de l'écriture, Poétique de la traduction)*, Paris, Gallimard, 1973, p.308.

어, 문화질서의 창조적 변화에서 오는 것이라 할 수 있겠다. 본느프와에 따르면 사실, 외국시를 번역한다는 것은 원작시 자체를 가져오는 것이기는 하지만, 보다 본질적으로는 원작시에 스며 있는 모든 영역의 창조적 변화를 위해 원작시의 생명력 자체를 다시 체험하는 것이다.

> 확실히, 그것은[우리가 번역을 하는 것은] 엄밀히 말하면 작품에 대한 시적인 체험을 다시 체험하기 위해서이고 가능한 한 바로 그곳 오직 바로 그곳에서, 즉 그와 함께 우리가 체험하고 실험하고 작업하는 말 속에서 글을 쓰며 그 작품에 젖어들기 위해서이다.

> Assurément, c'est[on traduit] afin d'en[l'oeuvre] revivre l'expérience à proprement parler poétique, c'est afin de s'en[l'oeuvre] imprégner là même et là seulement où c'est possible, c'est-à-dire dans la parole, dans l'écriture avec lesquelles on vit, on expérimente, on fait oeuvre.[33]

이상과 같이, 셰익스피어의 『겨울이야기』와 이를 번역한 본느프와 작품의 레옹뜨라는 인물의 한 대사를 구성하는 그 불시와 영시에서, 영시의 불시 속에서의 부활 상황 등 이 두 시의 극시로서의 직능을 검토했다. 따라서 이제 본느프와가 많은 관심을 가지고 번역한 예이츠의 시들 중에서, 「비잔틴」이라는 시의 직능과 여기서 드러나는 조형예술 개념을 살펴보고자 한다.

---

33) Yves Bonnefoy, "Traduire la poésie(1993)", *La Petite phrase et la longue phrase*, La TILV éditeur, 1994, p.48.

8.2. 예이츠의 시

예이츠의 「비잔틴」이란 시가 어떻게 본느프와의 번역시로 재탄생되는지, 또 이 두 시의 시적 특성과, 이 특성 속에서 내려지는 조형예술에 대한 정의를 보기 위해, 5연으로 된 이 두 시에서 네 번째 연을 소개한다.

자정이 되자 황제 궁 포도(鋪道) 위에 흐르네
그 어떤 나뭇단도 피우지 않는, 그 어떤 쇳덩어리도 만들어 내지 않았던,
그 어떤 폭풍우도 방해하지 못하는 광채들이: 불꽃으로 만들어진 광채
　　　　　　　　　　　　　　　　　　　　　　　　들이.
그 불꽃 속에서 피로 잉태된 정신들이 몸을 던지고 있다.
온갖 뒤엉켜 버린 분노들을 남겨 놓은 채,
죽어가며, 춤을 추면서,
황홀한 도취의 망아지경 속에서,
소맷부리도 태우지 않을 황홀한 도취의 이 불길 속에서.

A minuit sur le pavement de l'Empereur courent
Des flammes qu'aucun fagot ne nourrit, qu'aucun acier n'a fait
　　　　　　　　　　　　　　　　　　　　　　　　naître,
Qu'aucun orage ne trouble: flammes conçues de la flamme
Où les esprits conçus dans le sang se jettent,
Laissant toutes ces intrications de fureur,
Mourant, dans une danse,
Dans un paroxysme de transe,
Dans un paroxysme de cette flamme qui ne roussirait une
　　　　　　　　　　　　　　　　　　　　　　　　manche.[34]

---

34) Yves Bonnefoy, "Byzance", *Quarante-cinq poèmes de W.B. Yeats*, suivis de *La Résurrection*, Paris, Hermann, 1989, p.115 et p.117.

At midnight on the Emperor's pavement flit

Flames that no faggot feeds, nor steel has lit,

Nor storm disturbs, flames begotten of flame,

Where blood-begotten spirits come

And all complexities of fury leave,

Dying into a dance,

An agony of trance,

An agony of flame that cannot singe a sleeve.[35]

　　제시된 이 두 시에서는 우선, 영시에 대한 불시의 자의상 번역 여부와 이에 관련해서 두 시의 시행들 길이를 검토해 보고자 한다.

8.2.1. 직역과 시행의 길이

　　8행으로 구성된 예이츠의 그 영시와 본느프와의 그 불시에서 시행들의 길이 문제에 관련될 수 있는 자의상 번역의 여부 상황을 보면 다음과 같다.

　　불시에서 「비잔틴 Byzance」이라는 제목은 영시의 것(「Byzantium」)을 그대로 가져온 것이고, 또 1행과 4행, 6행의 문장들도 영시의 문장들을 거의 문자 그대로 가져오고 있다(4행과 6행에는 영시 행들에 없는 쉼표들이 추가되어 있다) : 1행 "A minuit sur le pavement de l'Empereur courent; At midnight on the Emperor's pavement flit", 4행 "Où les esprits conçus dans le sang se jettent; Where blood-begotten spirits come", 6행 "Mourant, dans une danse; Dying into a dance." 그로 해서, 영시 행들의 의미가 거의

---

35) William Butler Yeats, "Byzantium", *Quarante-cinq poèmes de W.B. Yeats*, traduits par Yves Bonnefoy, *op.cit.*, p.114 et p.116.

그대로 불시 행들 속에서 재생산된다.

그러나 그처럼 불어 속에 영어를 한 마디 한 마디 단순히 이동만 시킨다면, 두 언어가 그저 의미만 전달하는 기호의 가치만 가질 우려가 있으므로, 불시는 자의상 번역을 하되 약간의 변화를 주는 경우도 보여준다.

예를 들면, 불어 명사 'flamme(s)'은 불시의 2행("Des flammes qu'aucun fagot ne nourrit, qu'aucun acier n'a fait naître")과 3행 ("Qu'aucun orage ne trouble: flammes conçues de la flamme")에서 각각 부분관사 'des'와 정관사 'la'를 앞세우고 있다. 반면에, 영시의 2행("Flames that no faggot feeds, nor steel has lit,")과 3행("Nor storm disturbs, flames begotten of flame,")의 명사들 'flame(s)'은 어떤 관사들도 앞세우고 있지 않다. 따라서 두 불시 행들에서 그 명사들이 두 영시 행들의 이 명사들보다 의미적으로 더 정확히 한정되어 있다.

또한, 불시의 마지막 8행("Dans un paroxysme de cette flamme qui ne roussirait une manche")에서 명사 'flamme'는 지시사 'cette'에 의해 한정되나 영시 8행("An agony of flame that cannot singe a sleeve")에서는 명사 'flame'이 어떤 단어로도 한정되지 않는다. 게다가 불어 지시사 'cette'의 음소 [s]는 그 시행 속에 있는 동일한 음소 [s]들('paroxysme', 'cette', 'roussirait')과 함께 '음조악상accent prosodique'[36]을 이루고 있다. 따라서 불시 행에서는 영시 행에서보

---

36) 'accent prosodique'는, 문장 속에서 같은 자음 음소들이 여러 단어를 통해 반복될 때 생기는 강한 리듬의 이름이다. 따라서 이 불어 표현을 '음조악상'이라 번역한다. 'prosodique'를 '운율'이라는 뜻으로 해석하면 'métrique'라는 용어와 동일시될 우려가 있다. 이 후자 용어는 시행들의 음절구조를 형성하는 강세 리듬 상황을 지칭할 때 쓰인다.

다 훨씬 더 열기("flamme"; "flame")의 의미가 시의 주체가 말하는 그 순간과 그 장소에 항상 발하고 있음을 강력히 보여준다.

그리고 불시의 7행("Dans un paroxysme de transe,")과 8행("Dans un paroxysme de cette flamme qui ne roussirait une manche")은 영시의 7행("An agony of trance,")과 8행("An agony of flame that cannot singe a sleeve")에 없는 전치사 'in'이나 'into'에 해당하는 'dans'들을 가지고 있다. 이 불어 전치사들은 시행들을 열며 '자음 공격악상'을 취해, 'paroxysme'라는 명사들이 나타내는 어떤 절정상 태의 의미를 더욱 분명히 장소화한다. 두 영시 행들에서 이런 장소화는 일어나지 않는다. 특히, 불어 전치사 'dans'은 그 언어 면에서만 보면 하나의 자립적인 단어 그룹이 아니라서 강세 리듬을 받지 못하나 두 불시 행들에서는 그렇지 않아 본느프와 번역의 한 독창적인 예라 할 수 있겠다.

자의상의 번역을 다소 탈피하는 그런 모든 언어적인 조건은 불시가 영시에 없는 순전히 불어적인 새로운 담화 상황을 따라 조직되어 있음을 말해 준다. 이는 본느프와의 불어가 예이츠의 영어 자체와 이 영어가 표현하는 구체적인 내용 사이에 어떤 거리를 둔 객관적인 판단 상황에서 영시의 의미적인 해석을 하고 있음을 뜻한다. 불시에서 보여지는 이런 측면은 한 언어 이론에서 내려진 정의에도 부응한다 : "메타언어의 힘은, […], 그 의미 기능 속에서 언어에 대해 정신의 초월적 상황을 증거한다."[37]

직역 또는 이에서 약간 벗어난 번역을 함으로써 그 불시와 영시 시행들의 길이에 차이가 생기는 듯하다. 2행과 3행, 8행이 그 예들

---

37) Émile Benveniste, *Problèmes de linguistique générale* II, *op.cit.*, p.229.

이다. 불시의 2행은 17음절로 구성되는 데 비해, 영시의 2행은 12음절로 이루어져 있다. 또한, 불시와 영시의 3행은 각각 15음절과 11음절로 구성되어 있다. 불시의 8행은 19음절로 되어 있고 영시의 8행은 13음절로 되어 있다.[38] 이 세 개의 불시 행들이 세 개의 영시 행들보다 결국 훨씬 더 길다. 그런데 본느프와가 그 불시를 번역한 바로 그해 1989년에 장 브리아Jean Briat가 번역한 그 같은 예이츠 시에서는 2행과 3행, 8행의 길이가 각각 15음절, 15음절, 13음절로 구성되어,[39] 영시 행들의 길이보다 조금 길거나 같아, 본느프와 불시의 특히 2행과 8행의 길이보다는 확실히 짧은 것을 알 수 있다.

시행들 길이에 관련되는 그런 현상들은 영시 구조가 불시 속에서 부활될 때 근본적으로는 두 언어의 언어적인 특질이 다르기 때문에 오는 것일 수 있다. 이런 점을 본느프와가 그 누구보다도 더 깊이 체험하고 있다고 하겠다. 실제로 본느프와에 따르면 불어 문장은 관념적인 형식 속에서 내면적이고 정신적인 또는 이상주의적인 플라톤풍의 인식을 통해 논리적이고 종합적으로 정립되는 어떤

---

38) 프랑스 운율시vers métrique에서, 하나의 시행은 두 개의 반구들로 구성되는데, 첫 번째 반구의 여덟 번째 음절 다음에는 중간휴지가 있게 된다. 따라서 한 시행은 최대한 8+8음절 형식의 16음절까지로만 구성될 수 있다. 그런데 예이츠 시에 대한 본느프와의 그 번역 불시에서, 2행은 17음절로 되고 8행은 19음절로 되어 있어, 각각 8+9음절 형식과 8+11음절 형식을 갖게 된다. 이는, 본느프와의 번역이 불시 자체의 운율 상황보다는 '음조악상'이나 '자음공격악상'과 같은 단어 그룹들의 음소에 관련되는 언어리듬 조건만을 고려하고 있음을 보여준다.

39) 장 브리아의 시는 다음과 같다: "A minuit sur les dalles du Palais Impérial courent/Des flammes sans la chair d'un fagot ni le feu de l'acier,/Ni le tourment de la tempête, flammes nées de la flamme/Où viennent les esprits nés de sang/Libérés de la fureur des enchevêtrements,/Et s'abîment dans une danse,/Extase d'une transe,/Extase d'une flamme qui flambe sans brûler."(Jean Briat, 「Byzance」, *Cinquante et un poèmes*(Yeats), Bordeaux, William Blake and Co., 1989, p.203 et p.205).

진리를 추구하기 때문에 길어진다. 반면에, 영어 문장은 아리스토
텔레스식으로 단순하고 즉각적인 것을 향하고, 때로는 피상적 세계
의 현실주의적인 것을 추구하므로 짧다. 그렇기 때문에 본느프와는
이렇게 말한다.

> 내가 결론짓기로는, 영어는 개방적인 (또는 표면적인) 말이고 불어는 닫
> 혀 버리는 (또는 심연으로 들어가는) 말이다. 한편으로는 하나의 낱말이
> 다른 낱말들(제스퍼슨이 주목하듯이 셰익스피어에게서는 21,000단어 이
> 상)의 정확성이나 풍요로움을 가져오고, 다른 한편으로는 하나의 어휘가
> 가능한 한 축소되어 단 하나의 중요한 체험만을 간직한다.

> Je conclurai en disant que le mot anglais est ouverture (ou
> surface) et le mot français fermeture (ou profondeur). D'une part
> un mot appelant la précision ou l'enrichissement d'autres
> mots(plus de 21,000 mots chez Shakespeare, remarque
> Jespersen) et de l'autre un lexique aussi réduit que possible
> pour protéger une unique et essentielle expérience.[40]

시행들 길이와 자의적인 번역 상황에 관련해서, 본느프와의 그
불시는 그 영시의 특성과 함께 자신의 시적인 특성도 보여준다. 불
시의 특성은 또한 영시 속에 간직된 비잔틴이라는 도시의 조형예
술관을 보여주는 데도 있는 듯하다. 이제 이를 보려고 한다.

8.2.2. 비잔틴 예술

예이츠의 그 영시와 이를 번역한 본느프와의 그 불시는 옛날 비

---

40) Yves Bonnefoy, "Idée de la traduction", pécédé de *Hamlet*, oeuvre de William
　　Shakespeare traduite par Yves Bonnefoy, Paris, Mercure de France, 1962, p.239.

잔틴이라는 도시의 상반되는 이미지들에 입각해서 이 도시의 예전 조형예술 경향을 보여주는 것 같다. 따라서 본느프와가 밝힌 비잔틴이라는 도시에 대한 예이츠의 인상을 우선 본다. 본느프와의 관점에서 보면 이 아일랜드 시인에게서 그 옛 도시는 자연의 신선한 외침 등 현대적인 시각만으로는 거부할 수 없게 만드는 모든 시대에 공감대를 형성하는 어떤 영원성을 간직하고 있었다. 또한, 보편적인 세계의 추구나 종교적 소명에서 오는 정신적인 풍요로움이 축적된 곳이었다. 다른 한편으로 그 도시에서는 아주 감성적인 꿈을 꾸게 하는 정의적인 양상이 끓어오르는 야만적인 혈기와 투합하여 향락적인 퇴폐성이 만연되어 있었다.

예이츠에게서 비잔틴 예술은 옛날의 비잔틴이라는 도시의 그런 대립적인 이미지를 표현한다고 할 수 있다. 따라서 그의 영시에서, 또 본느프와의 불시에서 그 도시의 예술은 이런 복합적인 역사적 지평을 따른다. 말하자면 이들 두 시에서 예전의 비잔틴 예술은 혈기를 태우는 불꽃같은 정념("la flamme /Où les esprits conçus dans le sang se jettent; flame, /Where blood−begotten spirits come")으로 인해 복잡하게 뒤얽힌 분노("les intrications de fureur; complexities of fury")의 고통스러운 감정을 승화시킨다. 또 그 도시의 예술은 건축물 양식 등에서 풍겨 나오는 사치스러운 면을 오히려 장소로부터 초월하게 하는 요인이 되게 하는 듯하다. 두 시는 비잔틴 예술을 순간적인 현실세계에서 찾아내고 동시에 성서의 성스러운 세계 같은 곳에서 찾아낸다. 또한 이 예술에서 기독교적인 승화와 초월에 대한 욕망은 어떤 나쁜 소유욕과는 다르고 이런 점은 바로 그 예술의 표현형식에서 솟아나고 있음을 말하고 있다.

특히 본느프와의 불시에서 비잔틴 예술의 그런 경향은 이 시인에게서 시는 원래 어떤 성스러운 구원을 향한 명상작업일 수 있다는 생각에서 올 수도 있다. 본느프와의 이런 시 작업 태도는 한 비평가의 설명에서도 나타난다 : "이브 본느프와에게서, […], 시는 어떤 구원의 관점에서 정신적인 하나의 훈련이다."[41] 또한 본느프와의 불시에서 그런 경향은 번역 동안에 성스러운 구원에 대한 그의 명상적 시 작업이 비잔틴이라는 예술 장소의 재건립에 있음을 보여주는 듯하다. 실제로 한 비평에 따르면 본느프와에게 "시는 - […] - [그런] 장소 쪽으로 열리는 하나의 방향으로서, 이런 체험의 매체로서, 또 수단으로서 나타날 수 있다."[42]

본느프와의 불시와 예이츠의 영시에서 밝히고 있는 예전 비잔틴 예술의 그런 모든 특징들은 간단히 말하면 그 옛날 대중의 자아의식 빈곤으로부터 오는 퇴폐성이 그들의 자아의식 확립에서 오는 주체성으로 변화되는 것을 말한다. 본느프와에 따르면 예이츠는 바로 이 때문에 비잔틴 예술을 좋아한다.

'퇴폐적' 성향의 소유자와 후에 예이츠가 비잔틴 예술을 좋아했던 것은 바로, 게다가 그 예술이 그런 주체적인 예술이었기 때문이지만, 그렇다 해도 그 예술은 현세적인 것을 받아들이지 않고 표현형식들에 대한 가상적인 의미 영역에서 성스러운 것으로 돌아가는 생명의 조건들을 실험하면서 이 조건들을 알아내려고 애썼다.

C'est bien, d'ailleurs, parce qu'il[l'art byzantin] fut cet art subjectif que l'esprit de «décadence» et plus tard Yeats l'ont

---

41) Jean-Pierre Attal, "La quête d'Yves Bonnefoy", *Critique*, n. 217, juin 1965, p.537.
42) Jean Pfeiffer, "Yves Bonnefoy", *NRF*, n. 390-391, juillet-août 1985, p.121.

aimé, mais il n'a pas accepté l'exil, il a cherché, les expérimentant dans le champ hypothétique des formes, les conditions d'une vie revenue au sein du sacré.[43]

　결국, 예이츠의 그 영시와 본느프와의 그 번역시에서 비잔틴 예술은 교회 건물과 그 안의 그림이나 조각작품들이 모두 교회 전체의 분위기를 형성하듯이 종교와 미학 등 인간 생활에 관한 모든 것을 종합해서 표현하고 있다. 예술가들이 그들 자신의 개인적인 생각보다는 그 당시 대중 전체의 시각에 부응해서 작업을 한 것이다. 그 영시를 쓴 예이츠 자신도 비잔틴 예술을 이렇게 생각하고 있음을 본느프와가 확인한다.

　　내[예이츠]가 생각하기에는 비잔틴의 그런 초기 시절에는, 예전에처럼 우리의 경험적인 것에서 어쩌면 먼저가 될 수도 있고 그 다음이 될 수도 있는, 종교적인 삶과 심미적인 삶, 평범한 생활은 하나일 뿐이었다 ; […]. 그들이 한 민족 전체의 이미지가 되는 어떤 한 주제의 구상에 몰두되었을 정도로 화가와 모자이크 화가, 금은 세공사, 성서 장식사들은 거의 개인의 감정을 표현하지 않았으니, 아마도 개인적인 계획에는 거의 관심이 없었던 모양이다.

　　Je[Yeats] pense que dans ces premiers siècles de Byzance, comme jamais peut-être avant ou après dans l'histoire que l'on connaisse, la vie religieuse, la vie esthétique et l'existence ordinaire ne firent qu'un; […]. Le peintre, le mosaïste, l'orfèvre en or et argent, l'enlumineur de livres sacrés étaient presque impersonnels, presque étrangers peut-être à l'idée du projet individuel, tant ils étaient absorbés dans l'élaboration d'un thème

---

43) Yves Bonnefoy, 「Byzance」, *Un rêve fait à Mantoue*, Paris, Mercure de France, 1967, compris dans *L'Improbable et autres essais*, Paris, Gallimard, 1983, p.179.

qui était la vision de tout un peuple.[44]

    이렇게 해서, 예이츠의 「비잔틴」이라는 시와 이에 대한 본느프와의 번역시에서, 시들의 직능과 이 속에서 발견되는 비잔틴의 조형예술 개념을 관찰했다. 이 개념은 영시와 불시에서 거의 동일하다. 불시가 영시의 의미에 큰 변화가 없는 범위 내에서 구두점을 추가하거나 변경하고, 한정사 또는 전치사 정도만 추가하는 등 거의 자의상 번역을 하기 때문이다.

    비잔틴 예술에 대한 그 불시와 영시의, 또 본느프와와 예이츠의 밀착은 시를 쓰면서 조형예술작품에 관심을 갖는 본느프와의 문학 태도가 예이츠의 그것과 통한다는 것을 말한다. 이런 공통점은 본느프와와 앞에서 언급된 셰익스피어의 관계에서도 나타난다. 본느프와에게 예이츠와 셰익스피어의 작품들은 그의 문학 활동에 도움을 주는 소중한 동반자들임이 분명하다.

*   *   *

    문학, 예술 활동에 대해 셰익스피어와 예이츠와의 공감대를 보여주는 본느프와에게서 그들 작품, 『겨울이야기』와 「비잔틴」에 대한 번역은 원작품들의 문학적 가치와 동일한 수준의 작품들을 탄생시키든가 아니면 그보다 더 높은 자질의 새로운 작품들을 탄생시키려고 한다. 이때, 불어와 영어 체계 간의 상호작용을 통해 불어의

---

44) Yves Bonnefoy, 'notes', dans *Quarante-cinq poèmes de W.B. Yeats*, op.cit., pp.197-198.

기의(소쉬르Saussure의 용어로 소기signifié)에서만 의미sens[45]를 나오게 하려고 하지 않고, 이 기의의 기능과 불어의 기표(소쉬르의 용어로 능기signifiant) 기능을 바탕으로 해서 불시로서의 형식이 나오게 하려고 한다. 이 형식이 그 두 원작품의 형식을 간직하면서 의미를 창출해야 하는 것이다. 본느프와의 그 번역시들이 언어리듬과 구두점을 조금 변경하고 직역 또는 총체적으로 의미가 변하지 않게 약간의 의역을 통해 그 영어 원작시들의 의미와 거의 동일하거나 다소 다른 의미를 생산하는 것이 바로 그것을 보여준다.

그 두 영시에 대한 번역시들에서 추론되는 본느프와의 번역시 이론에서는 궁극적으로 원작시의 시학적 특성을 강화시켜 번역시를 하나의 과학시학으로 정립시키고 번역 – 작품이 되게 해야 함을 강조하는 것이다. 이런 실현은 원작시에서 담화의 구술성이 지닌 역사적 계속성을 새롭게 하는 번역 언어의 창조적인 재언술행위에 의해 가능하다. 따라서 철저히 모국 언어리듬 자체의 조건 속에서 조직되는 시의 경우라도 번역이 아주 불가능한 것은 아니다. 이 의미에서 본느프와가 시와 희망을 동일화한다고 할 수 있다.

본느프와에게서 외국시 번역은 번역물이 아닌 또 다른 새로운 문학작품을 만드는 데 있다고 하는 것은 두 언어 상호 간의 의미작용이 번역과 시학의 통합을 꾀하는 데 있음을 뜻한다. 이 통합문제는 두 관점을 배제한다.

---

45) 'signifié'라는 용어는 'signifier' 동사의 과거분사가 명사화된 것으로, 창출된 어떤 의미가 언표énoncé로 되어 있는 것을 뜻한다. 이 용어에서는 따라서 담화 주체의 언술행위 énonciation 자체가 배제된다. 기호개념에서 파생된 것이므로 'signifié'는, 음소의 소리son 를 통해 표현기능을 하는 'signifiant'('signifier' 동사의 현재분사가 명사화된 것)과 관련되고 (한 낱말에서 기의와 기표가 일치되느냐 안 되느냐 문제는 언어학자마다 다르게 파악된다), 의미는 이 관계까지도 포괄해서 힘을 발휘하는 문장 속에서 나온다.

우선, 본느프와의 외국시 번역에서 번역과 시학의 통합은 출발언어와 도착언어 자체들의 언어적인 면만의 특성에 의한 것이므로 이 통합을 위해 번역가가 민속학자가 되어 원작가 나라의 문화, 즉 풍습이나 전설, 신앙 등을 수집해서 깊이 연구한 후에 원작품에 다가갈 필요는 없다. 번역시에서 이 문화의 부활은 두 언어의 직능만으로 충분히 가능하다. 이 점에서 그 통합문제는 번역과 민속학을 결부시키는 조르즈 무냉Georges Mounin의 번역 이론("주어진 어떤 공동체의 언어 속에서 언표들의 의미를 가능한 한 완전히 이해하고 번역하기 위해 이 언어의 모든 지시적인 정의들을 구하려고 하는 것은 민속학자가 된다는 뜻이다."[46])을 배제한다.

다음으로, 본느프와의 외국시 번역에서 번역과 시학의 통합문제는 출발언어와 도착언어의 문장 구조를 이루는 언어리듬과 구술성을 고려하지 않고 오직 번역가의 기계적 기법의 인식구조를 통해서 원작의 의미만을 찾으려 하는 번역학에서는 제기되지 못한다. 번역학에서는 기계를 이용한 비언어적 상황에서 이루어지는 자동번역에서처럼 원작과 코드로 변환이 된 텍스트 간의 관계를 통해서 원작의 형식은 전혀 아랑곳하지 않고 오직 그 전체적인 의미만을 얻으려 한다. 다음 생각이 이를 보여준다 : "문맥이 제시하는 언술행위의 범주를 파악하며 번역가는 언표의 기초가 되는 비언어적인 상황을 고려할 것이다. 번역가는 그때 원작 형식에 대한 구속에서 벗어나 표현된 생각을 되돌려 주게 될 것이다."[47]

---

46) Georges Mounin, *Les Problèmes théoriques de la traduction*, Paris, Gallimard, 1969, p.239.

47) Jean Delisle, *L'Analyse du discours comme méthode de traduction(Initiation à la traduction française de textes pragmatiques anglais; Théorie et pratique)*, Ottawa,

그처럼 두 언어 고유의 특성을 무시하며 그것들의 단편적인 상호교류 동안에 그저 원작의 낱말상 의미 단위만을 끌어내려고 하는 번역학과는 반대 입장에서 또 두 언어의 언어적인 특성을 통해서보다는 원작가 나라의 문화 인식에 토대를 두는 민속학 입장에서의 번역과는 반대 입장에서 본느프와의 외국시 번역은 시학작품으로서의 문학성 고양을 추구한다. 이 추구에서는 때로 원작시에서 언급되는 조형예술작품에 대한 '다시 쓰기 작업'도 아주 큰 몫을 한다.

L'Université d'Ottawa, 1982, p.139.

9
이브 본느프와의 시에 나타난
사물의 현존성

　이브 본느프와의 시 작품들은 지금 현재 이 순간의 목적지에 머무르지 않고 미래를 지향하는 수단이 되면서 감각세계와 인간의 진정한 결합을 갈망한다. 감각적인 현실세계 속에서 눈에 보이는 사물 또는 대상물은 주체의 시선이 언어작용에 결합되는 순간 그의 삶의 시간적·공간적 체험의 영역이 된다. 시는 이 체험의 영역에서 사물을 둘러싸고 있는 절대적인 '관념세계'를 단순화하며 사물을 감각세계의 총체로 만들려고 한다. 사물의 헛된 이미지의 형상을 버리고 감각세계 속에서의 그 현존성을 정립하는 것이 따라서 시의 관심이다.

　사물의 현존성 정립을 위해 시 언어는 사회적 이데올로기나 무의미한 어떤 가상적 이미지에서 벗어나고 또 사물이 머무르는 감각세계를 추상화하지 않는 현실 그대로의 순수한 상태를 지향하며 인간과 현실 간에 어떤 정서적 표출 통로를 마련하려고 한다. 즉각적으로 흘러나오는, 그러나 초현실주의 문학에서 강조되는 자동기술과는 거리가 먼 글 쓰는 행위를 통해 시 언어는 허구적인 관념언어와는 다른 구체적인 실행언어의 직능을 하며 주체의 인지작용이 사물의 참된 존재의미를 파악하도록 한다. 그의 언술행위 순간에 진행되는 주체의 시각작용이, 그의 존재론적 가치를 발하는 개인적이고 주관적인 감성에 따라, 사물의 현실세계 속에서의 상황조건을 볼 때, 사물은 그 존재가치를 갖게 될 것이다. 사물은 또한 감각세계에 침투되어 이 둘은 서로에 의해 존재의미를 가질 수도 있을 것이다.

사물의 현존성은 궁극적으로 시의 담화방법에 의해 건립된다는 생각에서 본 연구는 시 창작 동안에 어떻게 사물이 동시에 가시성과 불가시성의 특징을 지니면서 관념세계를 떠나 감각세계 속에 진정으로 정착하게 되는지, 그리고 어떻게 자신의 현존성을 획득하게 되는지 보려고 한다. 사물의 그 두 특성이 감각적인 현상세계의 시간과 장소 속에서 어떻게 그 현존의 가치창출에 관여하게 되는지 규명해야 할 것이다. 이런 시도는 본느프와의 시 작품들이 사물의 실체를 파악해서 그 현존성을 건설함으로써 문학창조의 완성에 대한 기대문제를 어떻게 스스로 충족시키는지 보고자 하는 데 있다. 본고의 시도는 또한, 시 자체의 현존추구라는 소명을 다함으로써 그의 시들이 그들 자신의 현대성까지도 정립하려는 '희망'을 이룰 수 있는지 보려는 데도 있다.

9.1. 사물의 가시성과 불가시성

사물은 눈에 보이는 물질이라는 의미에서 이미 스스로 그 출현 조건이 충족된 상태에 있다. 그런데 사물의 보이는 부분은 보이지 않는 어떤 것을 은닉하고 있다고 할 수도 있을 것이다. 이런 전제 하에서 다음 시를 본다.

> 밤은 낮을 덮고
> 그리고 물러가고,
> 그 거품이 밀려든다
> 여기 돌들 위로.
>
> 작업의 시간만을 지닌 존재가
> 신이라면, 그는 왜,
> 태어날 수 없기 때문에
> 죽고자 했던가?
>
> 부재에 대항해서
> 그의 투쟁은 헛되었다.
> 그는 그물을 던졌고,
> 부재는 검을 잡았다.
>
> La nuit couvre le jour
> Puis se retire,
> Son écume déferle
> Sur les pierres d'ici.
>
> Qu'est-ce que Dieu, s'il n'a
> Que le temps pour oeuvre,

A-t-il voulu mourir
Faute de pouvoir naître?

En vain fut son combat
Contre l'absence.
Il jeta le filet,
Elle tint le glaive.[48]

이 시에서 '돌'은 주체의 시각작용으로 그 존재의의를 갖게 되는 분명한 현실요소다. 이 인지작용 속에서 '돌'은 '여기'라는 감각세계 장소의 재료가 되면서 그 구조를 형성하고 있다. '밀려드는 그 거품'으로 인해서 '돌'은 이 장소에 완전히 투입된 듯 사물이 장소인지 장소가 사물인지 알 수 없다. 이런 연관성은 이들의 존재론적인 근본 원인은 아니더라도 이들을 연결시킬 수 있는 어떤 필연적인 것이 주체의 인지작용 내에서 이루어지고 있음을 뜻한다. '돌'과 장소의 이런 상황은 주체의 시각기능이 이들 속에서 작동하는 데까지 갈 수도 있다는 것을 암시하기도 한다. 감각세계 사물들의 독특한 현상을 설명하는 다음 생각이 그런 경우를 말하는 것 같다 : "우리 주변에서 눈에 보이는 사물들은 그 자체로 가만히 놓여 있고, 그리고 그들의 자연스러운 실체는 아주 충만해서, 마치 우리의 인지작용이 그들 속에서 이루어진 것처럼, 그들의 인지된 실체를 드러나지 않게 하는 듯하다."[49]

본느프와의 시에서 '돌'과 '여기'라는 장소가 그처럼 떨어질 수 없는 어떤 불가분의 본질적인 관계를 가지는 것은 주체가 이렇게

---

48) Yves Bonnefoy, "Là où creuse le vent", *Ce qui fut sans lumière*, *op.cit.*, pp.61 – 62.
49) Maurice Merleau – Ponty, *Le Visible et l'Invisible*, Paris, Gallimard, 1964, p.163.

상상하기 때문일 것이다. 즉, 주체는 자신이 이 사물의 가시적인 것을 물질에 대한 어떤 선입견 없이 그 장소와 관련지으면서 인지할 수 있다면 그 가시성 이면에 있는 보이지 않는 어떤 것을 볼 수 있을 것이라고 상상한다. 그 시인에 따르면, 사물의 불가시성은 가시성의 여러 특성들이 '인식행위' 또는 인지행위(인식과 인지는 다른 뜻을 지니나 여기서는 엄밀히 구분하지 않고 사용한다) 속에서 완벽한 결집체가 되는 사물의 어떤 '본체적'인 면이라고 한다.

> 그 '보이지 않는 것'은 어떤 다른 결함들 속에서 겉으로 드러나려는 하나의 새로운 양상이 아니다. 그것은 오히려 보이는 것의 응결체라 할 수 있는 온갖 양상이 특별한 형상들로서 용해되고, 허물 벗을 때의 비늘처럼 인식행위 속에 떨어져서, '분리될 수 없는 것의 본체를 노출시켰던 것'이다.

> Cet *invisible*, ce n'est pas un nouvel aspect qui va se révéler sous d'autres insuffisants ; c'est plutôt que tous les aspects, coagulations du visible, se sont dissous en tant que figures particulières, sont tombés comme les écailles d'une mue dans la connaissance, *ont découvert le corps de l'indissociable*.[50]

본느프와가 말하듯이, 사물의 보이지 않는 면은 그 보이는 면의 여러 양상이 편견 없는 인지작용을 통해 결집되는 사물의 실체이다. 이는 선입견 없이 인지된 사물의 보이는 면이 곧 사물의 실체라는 것을 뜻한다. 그런데 선입견 없이 사물을 본다는 것은 거의 불가능하므로 사물의 실체는 사실 거의 보이지 않는다. 결국, 사물의 보이는 대로 있는 면과 보이지 않는 그 이면은 항상 상응관계에 있으므

---

50) Yves Bonnefoy, "La poésie française et le principe d'identité", *Un rêve fait à Mantoue*, dans *L'Improbable et autres essais, op.cit.*, p.250.

로, 이 관계를 파악할 때 사물의 보이지 않는 어떤 원형인 것에 다가갈 수 있을 것이다. 실제로 이런 논리가 가능할 것이다 : "세계에는 사물 그 자체가 있는데, 그 사물 너머로는 반사된 반경인 또 그 처음 사물과 부합되는 어떤 유사성이 있는 그런 다른 것이 있다. 따라서 두 개체는 인과관계에 의해 밖으로부터 결속된다."[51] 이렇게 해서 본느프와의 시에서 보이는 '돌'에 대한 주체의 시각작용이 '여기'라는 장소에 대한 인지작용과 어우러져서 이 사물의 가시적인 면이 이 장소의 일부가 되는 것을 느낄 때, 이는 주체가 '돌'의 가시성을 어떤 편견 없이 보면서 보이지 않는 그 실체를 파악하려는 상상적 방법이라고 할 수 있는 것이다.

'돌'의 가시성 이면에 있는 불가시성은 '태어날 수 없어 죽고자 하는 신' 그 자신의 '부재'의 양상과도 함께 생각될 수 있을 것이다. '신'의 '부재'는 그가 '태어나기 위해' '투쟁'해야 할 것이지만, 그의 '부재'는 오히려 '검'을 들고 쫓아와 그의 '투쟁'을 '헛되이' 되어 버리게 하는 부정적인 현상이다. 마치 주체가 '돌'의 가시성을 선입견 없이 볼 수 없어 그 실체가 보이지 않게 되고 그래서 이를 보려고 기존의 관념과 '투쟁'하지만 '헛되이' 되어 버리는 비극적인 현상과 같은 것이다.

'돌'과 같은 사물의 보이는 면과 보이지 않는 면은 다음 시에서는 이처럼 표현된다.

---

51) Maurice Merleau-Ponty *L'OEil et l'Esprit*, Paris, Gallimard, 1964, p.38.

분할되어라. 부재이고 그 물결인 너.
받아들여라. 떨어지는 과일들 맛 지닌 우리를.
섞어라 죽음의 잔해 숲과 함께
거품 속 인적 없는 너의 해변에서 우리를.

두 겹의. 늘 두 겹의 밤의 가지들 달린 나무여.

Divise—toi, qui es l'absence et ses marées.
Accueille—nous, qui avons goût de fruits qui tombent,
Mêle—nous sur tes plages vides dans l'écume
Avec les bois d'épave de la mort.

Arbre aux rameaux de nuit doubles, doubles toujours.[52]

사물이 보여지는 것은 그 외양이 분리되고 다시 모이는 이중 작용을 거친다. '부재인 너', 즉 '나무'는 "분할되고 우리를 맞이해서 죽음의 잔해와 우리를 섞기" 때문이다. 이로써 사물의 물질적 성격, 즉 객체성과 사물을 인지하는 '우리'라는 주체들의 주관성이 그들의 언어 속에서 만난다. 주체들의 언술행위는 '나무'에 대한 그들 인지능력의 발산과정이라기보다는 사물의 물질성이 총체적으로 그들 내면의 의식과 합류하는 의미 탄생을 유도한다 : "언어는 담화들이 실행되는 동안에 그 스스로 계속 발명되기 때문이고"[53] "언어는 매번의 발언 속에 그 근원을 창설하면서 계속 시작된다."[54]고 할 수 있기 때문이다. '나무'가 그처럼 개념상으로 서로 근접될 수 없는 두 양상을 지니게 되는 것은 주체들의 자아가 그들의 관념적인 사

---

52) Yves Bonnefoy, "L'été de nuit", Ⅷ, Pierre écrite, dans Poèmes, op.cit., p.192.
53) Gérard Dessons, Introduction à la Poétique(Approche des théories de la littérature), Paris, Dunod, 1995, p.246.
54) Ibid., p.247.

고 이전의 상태로 돌아가 식물의 보이지 않는 원초적인 것 같은 것을 인지하려는 욕망에서 사물의 외양을 부수고 거기에 그들의 개인의식을 주입하기 때문일 것이다. '나무'와 그들 주관성의 이런 관계를 이렇게 말할 수도 있을 것이다 : "시인[이브 본느프와]이 '나무들에게' 말을 걸 때, 그들의 매개는 의식과 물질 간의 파괴할 수 없는 불멸의 관계로 인정된다."[55]

'나무'의 객체성이 '우리'라는 주체들의 주관성을 획득하기 위해서 그것이 '분할되는 부재' 현상이 선행된다. 이 '부재'는 '나무'의 가시적인 객체성과 그들 주관적 의식의 관계를 정립하며 식물의 불가시적인 실체를 찾아가려는 주체들이 스스로에게 하는 정신 내면의 약속을 증거한다. 이런 '부재'에 대해 말하는 본느프와의 시들에 대한 한 비평을 볼 수 있다 : "우리는 또한, 충만함으로 더 이상 메워지지도 않고 난파되지도 않는, 그러나 반대로 부재의 일종의 호전적인 유혹에 결부된, 무한히 개방되고 비어 있는 그 같은 물질을 꿈꾸어 볼 수 있을 것이다."[56]

'나무'의 외양이 '부재' 현상을 겪는 것은 다른 한편으로 보면 이 상황을 창출하는 시의 표현이 사물의 보이는 진실을 은닉할 수도 있다는 것을 말해 주는 것이기도 하다. 본느프와에 의하면 모든 시는 항상 이런 위험 속을 걷고 있다고 한다.

> [⋯]. 오히려 시는 모든 표현이란 참된 현실을 감추는 베일에 지나지 않는다는 것을 아는 것 같다...

---

55) Richard Vernier, "Locus Patriae", L'Arc, n. 66(Yves Bonnefoy), 1976, p.10.
56) Jean-Pierre Richard, "Yves Bonnefoy", Onze études sur la poésie moderne, Paris, Le Seuil, 1964, p.263.

[…], on dirait plutôt qu'elle[la poésie] sait que toute représentation n'est qu'un voile, qui cache le vrai réel…57)

본느프와의 시에서 표현의 위험성을 상기시키기도 하는 '나무' 외양의 '부재', 그리고 식물 객체성의 주체들 주관적 의식과의 합류 등 이런 현상들은 결국 사물의 가시성과 불가시성의 관계에서 파악될 수 있는 문제이다. 이 관계는 사물이 존재하는 장소를 시간 문제와 함께 검토함으로써 더 잘 이해될 수 있을 것이다.

9.2. 대상물의 존재 장소와 시간

사물의 외양이 주체의 시각을 통해 보는 것과 보여지는 것의 교차상황에서 분할되어 그 물질성이 주체의 주관성과 만나게 되는 것은 사물이 그 가시성과 불가시성의 상응관계 속에서 새로 태어나는 현상이다. 이 현상은 사물이 자리 잡고 있는 감각세계의 장소와 시간조건들과 불가분의 관계에 있을 수 있기 때문에 이를 살펴보기로 한다.

> 그래 장소란 얼마나 신비한 곳인지, 그처럼 사물들이
> 죽음에도 불구하고 거의 자명한 사실로 있을 때면!
> 마치 존재하는 것이 있는 듯, 그렇게 빚은

---

57) Yves Bonnefoy, *La Présence et l'image(Leçon inaugurale de la Chaire d'Etudes Comparées de la Fonction Poétique au Collège de France)*, Paris, Mercure de France, 1983. p.41.

약해져도 계속 살아 있어.

Et quelle énigme un lieu, quand ainsi les choses
Sont presque l'évidence bien que la mort!
On croirait qu'il y a de l'être, tant la lumière
Peut diminuer sans cesser d'être vive.58)

'사물들'은 그들의 가시적인 면이 파괴된 '죽음에도 불구하고' '자명한 사실'처럼 생존하고 있다. '사물들'의 이 상황이 이루어지고 있는 '장소'는 그들 생존의 '자명성'만큼이나 '신비한' 곳이다. 이곳의 '빛'은 '약해질지는 모르지만' 그 '존재' 시간은 '계속'된다. 'sont', 'a', 'peut'라는 현재시제들 중심으로 구성된 언어구조가 주체의 주관적인 현재의 담화상황을 만들고, 이에 따라 '장소'의 직능과 현재 '계속'되는 시간작용이 이루어진다 : "문학은, […], 언어의 가치들을 담화의 가치들로 변화시키고",59) "문학은 지속되는 바로 가장 유일한 구술성이고, 구술성으로서 전달된다."60)고 할 수 있고 또, "시는 현재에 [시의] 포로가 된 사람들의 언어를 쓴다."61)고 할 수 있다.

'사물들'이 주체의 담화조건 속에서 머물고 있는 그 '장소'는 '계속'되는 시간의 항구적인 파편으로 점철된 '참된 장소'일 수 있다. 본느프와가 시에 관한 평론에서 언급한 장소와 시간에 대한 것을 참조하면 그렇다.

---

58) Yves Bonnefoy, "La nuit d'été", III, *Ce qui fut sans lumière*, *op.cit.*, p.95.

59) Henri Meschonnic, *Les Etats de la poétique*, Paris, PUF, 1985, p.144.

60) *Ibid.*, p.145.

61) Henri Meschonnic, *Pour la poétique V; Poésie sans réponse*, Paris, Gallimard, 1978, p.17.

참된 장소는 영원한 것으로 소진된 지속되는 시간의 조각이고, 참된 장소에서 시간은 우리에게서 해체된다.

Le vrai lieu est un fragment de durée consumé par l'éternel, au vrai lieu le temps se défait en nous.[62]

　'사물들'의 '장소'가 '참된 장소'라면 이와 함께 그 의미를 지니는 영원히 '계속'되는 시간도 진실의 시간일 것이다. 따라서 이 두 세계에 대해서 이렇게 생각할 수 있을 것이다. 그 '장소'는 공간을 차지하는 '사물들'의 집합소이고 또 그 시간은 그들의 개별적인 시간들의 지속적인 총체이기는 하지만, 두 세계는 특히 '사물들' 자체가 그 상황적 요소가 되는 세계라고. 주체의 담화적인 시각작용이 마치 언어기호처럼 '사물들'의 외양을 해석하는 듯한 모든 과정이 잠재되어 있는 현실적인 '장소'와 시간이면서도 두 세계는 '사물들'의 어떤 본질적인 것 같은 보이지 않는 면을 기반으로 한, 시간과 '장소'라는 그 자체의 실체적인 것을 지니고 있는 세계이다. 다음 이론은 바로 이런 각도에서 거의 유사하게 이해될 수 있을 것이다 : "사물들의 공간과 시간은 그 자체의, 즉 그 공간화와 시간화의 일부분들이고, 공시적으로 또 통시적으로 배치된 많은 개체들의 다양성이 아니다. 그러나 그 공간과 시간은 동시에 일어나는 것과 계속 일어나는 것이 부각된 현상이고, 개체들이 구분되어 편성되는 공간적이고 시간적인 살이다."[63]
　요컨대, 그들 외양의 '죽음' 때에도 '자명하게' 생존하고 있는

---

62) Yves Bonnefoy, "L'acte et le lieu de la poésie", L'Improbable, dans L'Improbable et autres essais, op.cit., p.130.
63) Maurice Merleau-Ponty, Le Visible et l'Invisible, op.cit., p.153.

'사물들'은 사라지지 않는 현상계의 '장소'와 시간이다. 달리 말하면, '사물들'은 보이는 양상의 총체이고, 동시에 그들의 실체와도 같은 보이지 않는 면은 확실히 '계속' 존재하는 '장소'와 시간의 상황 자체가 된다. 이런 상황적 구조 속에서 이루어지는 육체의 시작과 종말을 말하는 시가 있다.

> 흔히 골짜기의 침묵 속에서
> 나는 듣는다(혹은 듣기를 갈망한다, 모르겠다)
> 가지들 사이로 몸뚱이 하나가 굴러 떨어지는 소리를. 오래 걸리고 느리다
> 이 눈 먼 추락은; 그 어떤 외침도
> 결코 곧 중단시키거나 멈추게 하려 하지 않는 추락.
>
> 태어나는 일도 죽는 일도 없는 나라에서
> 빛의 발현을 나는 그때 생각한다.
>
> Souvent dans le silence d'un ravin
> J'entends(ou je désire entendre, je ne sais)
> Un corps tomber parmi des branches. Longue et lente
> Est cette chute aveugle; que nul cri
> Ne vient jamais interrompre ou finir.
> Je pense alors aux processions de la lumière
> Dans le pays sans naître ni mourir.[64]

'가지들 사이로 굴러 떨어지는 한 몸뚱이'의 '추락'은 '태어나는 일도 죽는 일도 없는 나라'에서의 '빛의 발현'과 같다. '가지들'이 있는 '골짜기'라는 장소와 '추락'이 진행되는 동안의 '오랜' 시간은 탄생도 죽음도 없는 '나라'의 것이다. '떨어지고 있는 몸뚱이'는 감

---

64) Yves Bonnefoy, *Hier régnant désert*, dans *Poèmes, op.cit.*, p.128.

각세계의 이런 초월적인 이미지의 장소와 시간 속에서, 죽음과 동시에 탄생을 하며 영원히 존재하게 될 것이다. 여기에서 본느프와의 다음 이론이 상기된다.

> 우연성이 순수한 개념을 은폐하는 그런 시간을 혐오하는 것은 절대적인 언어가 일어나도록 '완전히 죽기를' 원하는 것이다. 물론 그것만으로 충분히 평범한 의식이 중단될 수는 없다. 존재한다는 것의 정지는 아직 또한 하나의 존재한다는 것이다.

> Haïr le temps, où le hasard occulte la notion pure, se vouloir "parfaitement mort" pour que la langue absolue advienne, ce n'est certes pas faire assez pour que la conscience ordinaire se renonce, l'abolition de l'exister est un exister encore.[65]

이처럼 존재의 죽음은 다시 새롭게 '일어나 존재하는' 또 하나의 시작이므로 시의 '떨어지는 몸뚱이'도 자신의 종말과 시원이 합일되는 상태에서 영속적인 존재의 의미를 갖게 된다. 이 육체는 불투명성으로 점철되는 인간 현실세계에 대항하며 탄생과 죽음의 이원성을 초월하는 것이다. 따라서 육체는 어떠한 구속적인 명분도 없는 초월적인 '골짜기'라는 장소와 자신의 '추락' 동안의 '오랜' 시간의 상황적 요소가 된다. 이런 초월적 상황에서는 육체와 시·공의 감각세계가 각각 그들의 현존 상태에 있다고 할 수 있을 것이다.

특히 '몸뚱이'의 현존은 우선 보여지는 특성을 지닌 그 자체가 감각세계의 초월적인 장소와 시간의 보편적인 영원성을 내재화해서 보이지 않는 또 다른 자기 자신이 되는 것을 뜻한다. 이 현존은

---

65) Yves Bonnefoy, "Sur la fonction du poème", *Le Nuage rouge op.cit.*, pp.269 – 270.

근본적으로 시 주체가 사용한 탄생을 뜻하는 긍정적 의미의 용어와 죽음을 뜻하는 부정적 의미의 용어가 문장 속에서 모여 반대현상이 합치됨으로써 오는 상징화 작용에 의한 것이다. 이런 상징화에 관해서 "언어에 대하여 모든 다른 상징체계들은 부수적이고 또는 파생적이다."[66]라고 할 수는 있지만, 상징은 어떤 정보가 아니므로 상징과 언어 문제를 관련시키면서 "정보를 전달하는 의사소통의 중심 도구가 언어이다."[67]라고는 할 수 없을 것이다.

존재의 현존은 결국은 그런 상징화를 만든 시 창작의 산물이라고 할 수 있고 또 상징적인 이 현존은 사물의 현존 상황도 된다고 할 수 있다. 사물의 현존은 그의 가시적인 객체성이 이를 보는 주체의 주관적 의식과 만남으로써 사물 그 자체가 그런 초월적인 장소와 시간의 성분이 되고 불가시적인 그의 실체를 지니게 되는 양상이다. 이제 이 현존을 정립할 시의 창조 상황을 구체적으로 본다.

---

66) Roman Jakobson, *Essais de linguistique générale*, traduit de l'anglais par Nicolas Ruwet, Paris, Minuit, 1963, p.28.

67) *Ibid.*, p.28.

9.3. '시의 창조' 작업

   사물의 현존성은 사물이 지니고 있는 진리라고 할 수 있다. 진리와 같은 이 현존성은 시 주체의 시각작용이 언어 형태를 취하게 되는 시적인 글쓰기 작업의 창조성에서 온다고 할 수 있을 것이다. 다음 시에서 이를 본다.

> 할 수 있는 거행마저
> 저버렸던 모임에서.
>
> 일그러진 밀알과
> 말라붙는 술 속에서.
>
> 부재의 손
> 붙잡는 손 속에서.
>
> 회상하는
> 무익함 속에서.
>
> 서둘러, 밤에
> 채워진 글쓰기에서
>
> 그리고 바로 새벽 전
> 사라져 버린 말들 속에서.
>
> Dans le rassemblement, où a manqué
> Le célébrable.
>
> Dans le blé déformé

Et le vin qui sèche.

Dans la main qui retient
Une main absente.

Dans l'inutilité
De se souvenir.

Dans l'écriture, en hâte
Engrangée de nuit

Et dans les mots éteints
Avant même l'aube.68)

'글 쓰는 행위'는 장애물들, 즉 '사라져 버린 말들' 때문에 위협을 받는다. 그러나 '시의 창조'invention poétique'69) 작업은 이 위협을 극복하며 다시 종이를 '채우는' '손'놀림이다. 이는 마치 보여지는 존재가 사물이 그들의 시원과 종말의 합일상태에서 보이지 않는 그들의 실체를 지니게 되는 현존의 과정으로 가는 것과도 같은 단계인 듯하다. 따라서 '시의 창조' 작업은 '글 쓰는 행위'의 결

---

68) Yves Bonnefoy, "Dans le leurre du seuil", *Dans le leurre du seuil*, dans *Poèmes*, *op.cit.*, p.258.

69) 'l'invention poétique'라는 용어는 본느프와의 텍스트들에서 자주 사용된다. 예를 들면, 다음 문장에서도 나온다 : "[…], l'invention poétique dans la vie de celui qui oeuvre n'ajoute rien que de désirant, d'inapaisable et de vain"("L'acte et le lieu de la poésie", *L'Improbable*, dans *L'Improbable et autres essais*, *op.cit.*, p.129). 그 용어에서는 'invention'의 뜻 해석이 문제된다. 이 단어는 전에 없던 것을 새로 생각해서 만들어낸다는 뜻의 '발명'으로 직역할 수 있다. 그런데 신이 우주 만물을 짓듯이 완전히 처음으로 만든다는 '창조'라는 뜻과, 문학 예술적인 감흥을 독창적인 표현방식을 통해 처음으로 작품화한다는 '창작'의 뜻을 지니는 'création'이라는 단어가 'invention'의 뜻을 포함한다. 그리고 'poétique'라는 형용사가 문학에 관련되는 단어이다. 따라서 그 용어를 '시의 창작' 또는 '시의 창조'라고 번역할 수 있을 것이다. 여기에는 '시 작업을 통한 대상 사물의 창조'라는 의미가 포함된다.

과적인 현실이라기보다는 '사라지고 채워지는' 사물과도 같은 '말들'의 과정을 좇는 이 행위 자체를 현존화하는 작업이라고 할 수 있다. 시가 바로 행위가 되어 자신의 현존을 스스로 정립하는 것이라 하겠다. 이 의미에서 본느프와는 이렇게 말한다.

> [⋯], 프랑스 시는 하나의 행위이다. [⋯]. 우선, 시는 그런 절대적인 시선으로 현존에 다가가기 시작하므로 어떤 허무맹랑한 것들로 현존을 입증하거나 표현할 필요가 없고 또 그럴 시간도 없으며 오로지 그것을 체험해야만 한다.

> [⋯], la poésie française, est un acte. [⋯]. D'abord, et du fait même qu'elle commence, dans ce regard absolu, l'approche de la présence, elle n'a pas à la démontrer, à l'exprimer par des mythes, elle n'en a pas même le temps, elle est obligée de la vivre.[70]

본느프와의 이 관점은 시의 현존성이 '시의 창조' 작업의 근간이 되는 주체의 주관적인 '체험'을 쓰는 행위에서 온다는 것이므로 언어는 모든 행동적인 체험의 심리적 총체인 주관적인 것의 표현이라는 생각과 통한다 : "언어는 아주 철저히 주관성의 표현으로 특징지어지므로 다른 식으로 구성되면 그것이 또한 제 기능을 다 할 수 있어서 언어라고 불릴 수 있을지 자문하게 된다."[71]

'시의 창조' 작업은 '말들'이 종이 위에서 지워지고 나타나는 과정을 좇는 '글 쓰는 행위'의 현존을 실현하는 것이고 또 이 현존에

---

70) Yves Bonnefoy, "La poésie française et le principe d'identité", *Un rêve fait à Mantoue*, dans *L'Improbable et autres essais*, *op.cit.*, p.268.

71) Emile Benveniste, *Problèmes de linguistique générale*, tome Ⅰ, Paris, Gallimard, 1966, p.261.

기여하는 '말들'과 같은 사물이 궁극적으로 현존성을 획득하는 것과 유사한 과정을 통해 그것을 정립하기 위한 것이라고 할 때, 이런 의미들은 "통하지만 결과적으로는 분리되는 의미의 두 체계",[72] 즉 "비본질적인 어떤 내용을 담는 그릇이 아닌"[73] "'텍스트' 공간"[74]으로부터, 그리고 동시에 "'형상' 공간"[75]으로부터 나온다고 할 수는 없을 것이다. 본느프와의 시에서 언어 직능은 그런 의미들을 창설하기 위해, '시의 창조' 작업 '형상'을 건립한다기보다는 이 창조를 실현하는 '텍스트' 자체의 직능만을 건설한다고 할 수 있기 때문이다.

'시의 창조' 작업에 의한 '글 쓰는 행위'의 현존으로부터 태어나는 사물의 현존에 대한 문제는 다음 시에서도 생각할 수 있다.

> 불굴의 존재가 다시 모으는 해체된 존재,
> 추위의 햇불 속에서 다시 찾게 된 현존,
> 오 감시하는 여인이여 영원히 나는 그대가 죽은 자임을 알아,
> 불사조를 말하는 두브여 나는 이 추위 속에서 밤을 지새운다.

> Être défait que l'être invincible rassemble,
> Présence ressaisie dans la torche du froid,
> O guetteuse toujours je te découvre morte,
> Douve disant Phénix je veille dans ce froid.[76]

---

72) Jean‒François Lyotard, *Discours, Figure*, Paris, Klincksieck, 1971, p.211.

73) *Ibid.*, p.211

74) *Ibid.*, p.211.

75) *Ibid.*, p.211.

76) Yves Bonnefoy, "Théâtre", IX, *Du mouvement et de l'immobilité de Douve*, dans *Poèmes, op.cit.*, p.53.

'추위'와 '횃불'이라는 두 단어는 수사학적인 관점에서 보면 문장 속에서 논리적이지 않은 극단적인 의미창출에 기여한다. 양립될 수 없는 '모순어법' 속에서 두 단어의 반대되는 의미적 결합은 '불굴의 존재가 다시 모으는 해체된 존재'의 '다시 찾게 된 현존', 즉 '불사조'와 같은 '두브'의 '현존' 양태를 창조한다. 따라서 이 존재의 '현존'을 품고 있는 '추위의 횃불'도 사물로서의 '현존' 상태에 있다고 할 수 있을 것이다. 시가 만일 '모순어법'을 이루지 않는 서로 유사한 의미단위의 다른 낱말들을 사용했다면, 문장구성조직 속에서 나오는 의미들이 순간적으로 여러 방향에서 나와 계속적으로 일관되게 이루어지지 않을 것이고, 그래서 그녀의 '현존' 상황은 물론 '횃불'의 그것도 분명해지지 않을 것이다. 따라서 보여지는 그들의 보이지 않는 실체와도 같은 항구적인 '현존'의 의미는 다의적인 언어가 배제된 상태에서 시 문장이 극도의 절제를 지키는 가운데 이루어진다고 할 수 있다. 이 점에 대해 본느프와의 말을 들어본다.

> 문장은 진정으로 가장 순수한 간결성을 지닌다. 어떤 맥 빠진 궁핍의 결과가 아니고 그러나 보이지 않는 것의 반향이라 할 수 있는 그런 간결성을 지닌다.
>
> La phrase a la simplicité la plus vraie, celle qui n'est pas le fruit d'un morne dépouillement, mais la résonance de l'invisible.[77]

그처럼 표현을 자유자재로 하되 다의성 안에서 여러 의미를 이

---

77) Yves Bonnefoy, "Les mots et la parole dans la *Chanson de Roland*", *Le Nuage rouge, op.cit.*, p.180.

리저리 흘러 다니지 않게 하는 문장의 '간결성'이 '두브'와 '햇불'에 대한 주체의 시각적 인지활동을 통해 그들 '현존'의 의미를 생산한다. 문장의 이런 조건은 그의 인지작용이 그들에 관한 어떤 선입견 없이 진행된다면 그들 '현존'이 그들의 보이지 않는 실체를 드러내는 것일 수도 있다는 가능성을 시사한다. 따라서 이 방향에서 본느프와의 시 작품들에 대한 다음 견해처럼 말할 수 있을 것이다 : "어떤 반사된 모습을 생산하는 데 그치지 않고 본느프와의 시는 현존이 표현을 '수월하게 할 수 있는' 반사되는 거울작용에 의해서도 주목을 끈다."[78] 주체의 인지작용이 그런 다원적인 의미를 생산하지 않는 순수한 문장의 의미론적인 질서 속에 투입될 때 '두브'와 '햇불'의 '현존'을 위한 글쓰기가 진행된다. 주체의 글 쓰는 행위는 순수 상태의 언어 형태화를 지향하며 그의 현존도 이룬다. '시의 창조'를 위한 이 행위의 현존은 결국은 '두브'의 '현존'을 간직하고 있는 '추위의 햇불'이라는 사물의 '현존성'을 창조하려는 언어의 응결체라고 할 수 있다.

이상으로, 본느프와의 시 작품들이 어떻게 사물을 진정한 존재형태가 되게 하면서 그 현존 상황을 창조하는지 살펴보았다. 보이는 사물에서 보이지 않는 면을 파악하려는 주체의 주관적인 의식 활동을 통해 사물을 표현하는 시어들은 어떤 연관성 또는 상징성을 발산하고 이로써 그의 시 작업 동안에 사물의 객체성이 바로 그것이 머무르는 그 장소와 시간에 존재가치를 갖게 된다.

---

78) Gérard Gasarian, *Yves Bonnefoy; la poésie, la présence, op.cit.,* p.125.

*　　　*　　　*

　감각세계는 필연적으로 사물들이 그 속에 자리 잡고 있는 구조에 그 기반을 두기 때문에, 본느프와의 시 작품들은 감각세계의 파악을 위해 사물의 가시성을 해명하는 데 주력한다.

　사물에 대한 주체 내면의 주관적 의식, 그리고 그의 인지언어 직능에 따라 사물의 보이는 물질성은 그의 종말과 시원의 합일상태에서 이루어지는 보이지 않는 영속적인 현존의 상황으로 파악된다. 사물의 소멸은 그 비존재를 의미하지 않고 외양의 가시성을 통해서 사물 실체의 의미가 새로 창출될 것을 잠재하고 있는 부재를 의미한다. 따라서 사물의 현존은 궁극적으로 그의 시원과 합일되는 부재현상에 토대를 둔다고 할 수 있다. 사물의 보이는 부분이 그에 관련되는 어떤 관념적인 것에 대립되고 그의 보이지 않는 면을 이루는 내재적인 부분을 암시하며 그의 실체적인 면을 상상하게 한다. 보이지 않는 이 실체는 현존의 상황에 놓이게 되고 따라서 사물의 진실이 된다.

　주체의 인지 속에서 사물은 언제 어느 곳에서라도 머물 수 있기 때문에 그 존재 장소와 시간은 늘 불확정적이다. 시·공의 세계는 이처럼 그의 인지작용 속에서 늘 사물을 따라다니는 속성으로 현존에 이르는 사물이 그 성분이 되는 데까지 가는 현상계의 초월적인 영역이다. 그의 객체성이 주체의 주관성과 만나고 이 초월적 영역의 상황조건이 되면서 그 가시성과 불가시성이 상응관계에 놓일 때 사물은 결국 현존에 이른다고 할 수 있다.

감각세계에서 초월적인 장소와 시간 구조의 성분이 되고 자신의 보이지 않는 면이 그 현존의 토대가 되는 사물의 상황은 시 창조 작업 현장인 글쓰기 동안에 전개된다. 무한히 확장되는 주체의 언술행위가 사물이 현재 순간 이곳에서 보이지 않는 그의 실체를 지니며 정말로 존재하도록 하는 것이다. 시 언어의 담화적 힘이 그 다의성을 배제하며 사물의 가시성에 변화를 감행함으로써 그것의 참된 모습을 만들어 준다고 할 수 있다. 시가 이처럼 담화행위를 통해 사물의 현존성을 창조하므로 이 행위의 언어 면에서의 역사적 계속성이 사물의 현존성과 함께 진행된다. 담화에서 생산되는 언어적 의미가 계속 쇄신되어 또 다른 의미들이 창조된다는 뜻에서 역사적 계속성이다. 담화시간의 단순한 선조성을 따라가는 역사적 의식문제를 넘어서 주체가 사물을 만나는 동안에 이루어지는 언어와 시의 연대적인 관계에서 생각되는 역사적 계속성이다. 이런 계속적인 상황을 통과하는 시 텍스트 공간은 사물의 현존이 이루어지는 곳일 뿐만 아니라 시 자신의 항구적인 현존이 실현되는 곳이기도 하다. 두 현존의 정립은 완성을 지향하는 시 창조의 과업을 달성하고 시 작품들의 현대성을 이루려는 '희망'의 표상이다. 그 정립은 시 텍스트 자체의 바로 이 장소에서 항상 지금 지나가는 순간의 흘러가 버리는 담화에서 계속 새로운 담화성이 창출되는 그런 현대적 의미의 역사성 실현의 상징이다.

10
이브 본느프와의 말라르메 시학 비평
- 언어 문제를 중심으로

　19세기 프랑스 시 문학의 한 지평을 확립하며 20세기 현대 시인들의 선두주자가 된 말라르메Mallarmé의 작품들은 본느프와에게 그의 시학 방향을 제시해 준 소중한 유산이다. 말라르메의 작품들은 흔히 현실에 대한 서정적인 토로보다는 상징과 암시를 통해 사물 또는 세계 그 자체에 이상적인 이미지를 부여함으로써 평범한 현실을 이상화하려고 한다. 그의 작품들은 때로 난해하기까지 하지만 이는, 그가 이상적인 작품을 창작하려 하기 때문에 오는 그의 고통을 거의 종교적인 경지로 승화시키려는 데서 오는 것일 수 있다. 이때 특히 그의 시들에서는 낱말들의 상호결합에 의한 문장들 리듬의 음악성이 중요 직능을 하는 것 같다.

　본느프와는 말라르메 작품들의 그런 경향을 주로 샤를르 보들레르Charles Baudelaire의 시학과 에드거 포Edgar Poe의 시학에서 그 뿌리를 찾는다. 그가 말라르메의 작품들에서 특히 보들레르의 시학을 발견할 수 있는 것은 두 시인의 작품들이 실제로 1866년 예술의 사회적 효용성을 거부하면서 알퐁스 르메르Alphonse Lemerre의

「현대의 파르나스」에 동시에 게재되었다는 공통점을 가지기 때문인 듯하다. 본느프와의 시학 또한 보들레르의 시학과 포의 시학을 계승하고 있어, 이 두 시인의 시학과 그 맥락을 같이하는 말라르메의 시학에 그가 심취하는 것은 당연한 일일 것이다.

말라르메의 작품들에 대한 본느프와의 탐색은 20세기 여러 시인의 시학을 설명하는 그의 두 평론집(『붉은 구름; 시학 평론 *Le Nuage rouge; Essais sur la poétique*』과 『이미지의 장소와 운명; 꼴레즈 드 프랑스 시학 강의(1981-1993) *Lieux et destins de l'image; Un cours de poétique au Collège de France(1981-1993)*』)에서 볼 수 있다. 본 연구는 이 두 평론에서 본느프와가 어떻게 그 시인의 시학을 정의하는지 보려고 한다.[79] 말라르메의 작품들은 문학 언어에 대한 종래의 관점을 뒤집고 최대한 완벽한 언어를 추구하며 문장들의 음악적 리듬 기능도 탐색하고 있어 본 연구는 그의 비평이 이런 점들을 밝히기 위해 그의 언어 속에 어떻게 그 작가의 작품들을 도입하며 그들의 진가를 파악하는지 보려고 한다. 말라르메의 작품들을 실제로 분석하기보다는 작품들에 대한 본느프와의 비평적 시각을 보는 관점에서 본 연구는 전개될 것이다. 구체적으로는 본느프와가 작품들에서 주로 주목하고 있는 문제들을 낱말들의 직능을 비롯해서 언어에 관련되는 개념 문제와 음악성 문제 등으로 크게 나누어 생

---

79) 본느프와가 말라르메의 작품들을 비평한 텍스트들은 그 두 평론집 외에 『언어의 지평에서 *Sous l'horizon du langage*』(Paris, Mercure de France, 2002)와 『있음직하지 않은 것 *L'Improbable*』(dans *L'Improbable et autres essais, op.cit.*)에도 수록되어 있다. 첫 번째 저서에서는, "La clef de la dernière cassette", "Igitur et le photographe", "L'or du futile", "L'unique et son interlocuteur" 등 네 개의 텍스트가 말라르메의 작품들을 설명하고 있고, 두 번째 저서에서는 "L'acte et le lieu de la poésie"라는 텍스트가 부분적으로 그 시인의 작품들을 언급하고 있다. 이 다섯 편의 텍스트들을 차후의 연구 대상으로 하기 위해, 본 연구는 앞에서 언급한 그 두 평론집만을 우선 살펴보려고 한다.

각해 볼 것이다.

본느프와가 본 말라르메의 작품세계

10.1. 언어의 '일상적 개념'과 '순수 개념'

말라르메의 작품들에 대한 본느프와의 비평은 작품들을 구성하는 언어가 단순히 세계를 설명한다기보다는 세계를 창조한다는 관점에서 출발한다. 그의 생각에는 이 언어가 세계 현상들의 인과관계를 밝히려 하기보다는 상반된 현상들이 서로 조화를 이루며 존재하는 방법을 드러내면서 세계를 새롭게 한다. 말라르메의 작품들은 이렇게 세계의 현상들이 구분되듯이 언어를 평범한 일상 언어와 절대적인 완벽한 언어, 둘로 나누어 탐색하면서 세계를 재건설하려 한다는 것이다. 이때 언어의 일상성을 정의하는 '일상적 개념'과 언어의 완벽성을 정의하는 '순수 개념'이 문제된다.

> 간단히 말하면, '순수 개념' 속에 '있기' 위해서 그 시인[말라르메]은 우선 안다는 것에 야망과 환상만큼이나 상황에 대한 향락과 소유욕망이 펼쳐지는 측면에서 일상생활을 하는 나 자신으로부터 해방될 수 있어야 한다.

> Brièvement: pour «tenir» dans la «notion pure», il faut que le poète[Mallarmé] puisse, pour commencer, se libérer du moi de son existence ordinaire, celle au plan de laquelle se déploient le

désir de la possession, de la jouissance des choses autant que
les ambitions et illusions du savoir.[80]

　본느프와의 이 관점에서는 개인의 인간적인 욕망에 사로잡혀 있
는 말라르메의 일상생활은 언어의 '일상적 개념' 속에서 전개되고,
그 자신이 정신적으로 완전히 해체되어야만 도달할 수 있는 삶은
언어의 '순수 개념' 속에서 전개된다. 여기서 본느프와는 말라르메
개인의 일상적인 체험 등 그의 사적인 생활에 준거해서 그가 왜 그
런 삶을 추구하는지 그의 자서전적인 사실을 밝히려고 하지는 않
는다. 그 작가가 도달하려는 삶은 곧 그가 자신의 작품들을 통해
거의 어떤 종교적인 경지에서 철저히 '순수 개념' 언어를 실행할
수 있는 바로 그곳에 있음을 본느프와는 말하려는 것이다. 아무튼
본느프와는 말라르메의 작품들에서 이 시인이 추구하는 그런 삶
자체를 파악하려는 것보다는 그의 삶을 이루는 언어 문제에 더욱
관심을 둔다. 따라서 이 경우에 그의 비평 방향은 다음 설명이 제
시하는 한 방향이라 볼 수 있다. 다음 설명은 근본적으로 작품의
구조만을 중시하는 구조주의적 비평 입장을 취해서 본느프와의 입
장과 완전히 일치하지는 않지만, 두 입장은 모두 작품 자체를 비평
의 목적으로 한다는 점에서 다소 유사점이 있는 듯하다. 그 설명에
따르면, 비평이란 작가에게 미치는 사회적 영향이나 그의 사적인
생활에 입각해서 그의 작품을 파악하는 것이 아니고 이런 제반 사
항과는 관계없이 작품의 구조 등 오직 작품 자체만을 보아야 한다

---

80) Yves Bonnefoy, "La poétique de Mallarmé: quelques remarques [1992 – 1993]", *Lieux
　　et destins de l'image; Un cours de poétique au Collège de France(1981 – 1993)*,
　　Paris, Seuil, 1999, p.246.

는 것이다 : "문학 문제들 중에서 가장 세부적인 것은 그것이 설사 지엽적인 것이라 해도 한 시대의 정신적인 배경 속에 그 핵심을 가지고 있을지 모른다. 그러나 이 배경은 우리의 관심사가 아니다. 비평가는, 우리의 관심사가 가장 보편적인 그 형식 속에서 그의 목적 자체인 자신에 대항하거나 자신을 달아나는 문학이라는 것이고 그의 작가의 전기적인 '비밀'이 아님을, 인정해야 한다."81)

본느프와는 그처럼 말라르메 개인의 삶을 밝히는 것에 주력하면서 그의 작품들을 보지 않고 이 작가의 작품들만을 문제 삼는다. 따라서 본느프와에게는 말라르메의 작품들에서 '일상적 개념'에 둘러싸인 세계는 언어기호의 순간적인 임의성 때문에 인간의 무익한 욕망 등으로 점철된 그 겉모습만을 보여주며 그 자체로 드러나지 못해 관념적인 상황에 머무른다는 것을 밝히는 것이 중요하다. 현실 속에서의 인간의 체험이 지속되는 시간성과 무한한 공간 속에서 다양한 인지방법으로 이루어지기 때문에 현실의 즉각적인 진짜 양상을 없애 버리는 관념적인 지식화로 되어 버린다는 뜻에서다. 현실이 원래 있는 그대로 상태에서 드러나는 보편성을 잃고 곧 사라져 버릴 수 있는 특수한 가치만을 지니게 된다는 의미에서다. 본느프와는 따라서 말라르메의 작품들은 세계에 고양된 가치를 주기 위해 일상 언어의 '추상적인 개념'을 제거하려 하면서 특수한 순간의 모순된 상황에서 절대적인 보편적 상황으로 현실이 변화되기를 시도한다고 한다.

> 부당하게 그 사용을 하는 추상적 개념들에서 해방된 말이 - 여기서 '순

---

81) Roland Barthes, *Essais critiques*, Paris, Seuil, 1964, p.248.

수 개념'이라는 호칭이 나온다. - 말하는 존재에게 세계를 복원시켜 준다. 언어가 국부적이고 분열시키는, 그리고 착각을 일으키게 하는 그 재구성으로 마침내 베일에 싸여 버리게 했던 세계를 말이다.

Le mot, délivré des notions abstraites qui en usurpaient l'emploi ─ d'où cette appellation «notion pure» ─ , restitue à l'être parlant le monde que le langage avait fini par voiler de ses reconstructions partielles, désagrégeantes et illusoires.[82]

본느프와의 시각에서 말을 한다는 것은 세계를 보고 생각하고 구분짓는 것이기 때문에 언어의 직능에 따라 세계가 가치상승이나 가치하락을 겪을 수 있다. 따라서 현실세계는 '순수 개념' 속에서 의미적인 가치를 지녀야 하고 그러기 위해서는 일상 언어에서 '추상적인 개념'이 제거되어야 하는 것이다. 그럼에도 불구하고, '일상 개념'이 '순수 개념'보다 더 현실에서 그 힘을 발휘한다는 사실에 말라르메의 작품들이 고민하고 있음을 그는 안다. 인간의 일상생활은 사실 평범한 언어에 의해 지배되고 절대적인 순수한 언어에 의해 지배되지 않기 때문에 절대 언어의 '순수 개념'이 그 직능을 다할 수가 없다는 것은 말라르메에게 절망적이기는 하지만 영원히 거부할 수 없는 당연한 일인 것이다.

실제로, 가장 어려운 것은 분명히 세계에 대한 안 됐지만 항상 뒤죽박죽이 된 우리의 체험 속에서 순수 개념으로 '되돌아가는' 것일 것이다.

En fait, le plus difficile, c'est évident, ce sera d'opérer dans notre expérience du monde, toujours bousculée, hélas! la

---

82) Yves Bonnefoy, "La poétique de Mallarmé", *Lieux et destins de l'image*, op.cit., p.244.

réduction de la notion pure.[83]

　　요컨대, 그래서 그렇다. 우리가 알다시피 그런 도래는 일어나지 않았다
는 것과 어쨌든 파괴되지 않는 특별성, 우연성은 스테판 말라르메에게 순
수 개념의 접근을 금지시켰다는 것은 변함없는 사실이다.

　　Après quoi, eh bien, oui, nous le savons, il reste que
l'avènement n'eut pas lieu, il reste que la particularité, le hasard
qu'on n'abolit pas, ont interdit à Stéphane Mallarmé l'accès de la
notion pure.[84]

　본느프와의 생각에 이렇듯 말라르메에게서 작품 창조에 따른 고
민은 세계의 실체가 절대 언어의 '순수 개념'에 의해 드러나지 않
고 오히려 일상 언어의 임의성에 의해 관념적인 양상으로 되어 버
린다는 데 있다. 그 작가의 작품들에서 완전한 '순수 개념'에 의해
전개되지 못하는 이런 불완전한 현실 문제의 제시를 본느프와가
주목하는 것은 그 자신도 이 문제를 파악해서 그의 시 창조 작업을
통해 해결하고 싶기 때문일 것이다. 본느프와의 시들을 설명하는
한 비평도 이 점을 간파한다 : "[본느프와에게서] 현실세계의 진실
은 따라서 그것이 개념의 순수성과 '완벽성'에 대해 부적절하게 표
현될 수도 있는 것, 즉 그 불완전함을 지닌다는 점이다."[85]
　이렇게 본느프와도 말라르메처럼 현실이 '순수 개념' 속에 그 바
탕을 두기를 원하지만 현실은 흔히 그 반대로 관념화되어 버려 늘
미완의 상태로 있게 된다. 그의 생각으로는 말라르메에게서도 염려

---

83) Yves Bonnefoy, "La poétique de Mallarmé", *Le Nuage rouge, op.cit.*, p.198.
84) Yves Bonnefoy, "La poétique de Mallarmé", *Le Nuage rouge, Ibid.*, p.201.
85) John E. Jackson, *Yves Bonnefoy*, Paris, Seghers(Poètes d'aujourd'hui), 1976, p.36.

가 되는 이 상황은 바로 언어의 임의성 때문에 나타나는 것인데 그 시인은 이 임의성을 우발적인 특성, 즉(본느프와가 말하는 앞의 인용문에서도 언급된) '우연성'이라고 정의한다. 불완전한 현실세계에서 언어의 일상성이 그 순수성보다 영향력이 더 큰 것은 언어의 임의성, 즉 '우연성' 때문일 것이다. 우리는 실제로 말라르메의 시 「주사위 던지기는 결코 우연성을 파괴하지 못하리라 Un coup de dés jamais n'abolira le hasard」에서 특히 'LE HASARD'라는 말이 그 주변의 다른 낱말들과 달리 이탤릭체로 쓰이지 않고 굵은 문자로 되어 있는 것을 본다. 이는 일상 언어가 관념적인 양상을 생산하는 것은 바로 언어 직능의 '우연성' 때문이라고 보고 이를 제거하기 위한 시도라고 할 수 있다.

CE SERAIT

pire

non   **LE HASARD**

davantage ni moins

indifféremment mais autant

Choit

la plume

rythmique suspens du sinistre

s'ensevelir

aux écumes originelles

naguères d'où sursauta son délire jusqu'à une cime

flétrie

par la neutralité identique du gouffre[86]

---

86) Stéphane Mallarmé, 「Un coup de dés jamais n'abolira le hasard」, dans *Igitur, Divagations, Un coup de dés*, Paris, Gallimard, 1976, pp.424 – 425. 이 시를 제시하

본느프와의 관점으로는 그처럼 말라르메에게서 언어의 '우연성' 문제는 해결해야 할 급선무이다. 그런데 우리 생각에 이 시는 이 문제를 분명히 제시하기는 하지만, 파브르Favre라는 한 비평가의 말을 들어보면 이 시는 우선 문장 해독의 독창성을 요구한다고 한다. 이 시 외에도 말라르메의 작품들은 전반적으로 문장이 길고 아라베스크 무용의 동작처럼 천천히 전개되면서 낱말 간의 결합 효과를 너무 확대한다고 한다. 따라서 그의 작품들은 까다롭지 않은 용어들을 사용해도 이해하는 데 많은 곤란을 준다는 것이다 : "문장 구성이 우리를 안내해 가기는커녕 헤매게 한다. 시 텍스트는 그래서 진짜 이해할 수 없는 글이 된다. 달리 말하면 문외한에게는 애매해서 오직 전문가용의 텍스트가 된다. '주사위 던지기는 결코 우연성을 파괴하지 못하리라.'는 부분적으로 이런 이상적인 시 – 마법서를 구현하고 있다고 할 것이다."[87]

언어의 '우연성' 문제를 제시하는 그 시를 위시해서 말라르메의 작품들이 대체적으로 애매모호한 의미를 표현해 그 해독을 어렵게 한다는 것은 폴 클로델Paul Claudel도 상기의 비평가와 거의 유사하게 생각하는 점이다. 의미의 모호성을 클로델은 그 비평가와는 달리 의미의 정확성의 또 다른 측면이라고 생각하기는 해도 그렇다 : "내게[폴 클로델] 있어서 당신[말라르메] 문장의 첫 번째 조건은 그 구문구성 또는 그 구상인 것 같습니다. 무익하게 낱말들의 의미를 없애 버리든가 아니면 생소한 어떤 섬광으로 낱말들을 돋

는 것이라면, 그 형식과 의미를 구체적으로 분석하고 설명하는 것이 바람직하지만, 여기서는 단지 'LE HASARD'라는 낱말들이 굵은 고딕체로 쓰여 있다는 것을 보여주는 것으로 그치려 한다.

87) Yves – Alain Favre, 'Notice', *Mallarmé; Poésie*, Paris, Hachette, 1977, p.13.

보이게 하도록, 구문구성 또는 구상은 그 스스로가 연결하거나 또는 떼어놓는 여러 다양한 낱말을 가지고서, 당신이 특별히 표현이라고 부르는 것을 구성하니까요. 바로 여기에 당신의 문장이 난해한 그 예가 되는 원인이 있는 것 같습니다. 그런데 이 난해함은 애매한 것이 아니고 어떤 고도의 작용에 익숙해진 정신의 세련됨과 극도의 정확성을 나타내는 것이지요."[88]

우리는 본느프와가 클로델처럼 그리고 파브르처럼 말라르메의 작품들을 보고 있다고 추측할 수도 있을 것이다. 한편으로 그의 작품들은 거의 전문 평론가만이 파악할 수 있다고 한 파브르의 말대로 전문 비평가로서 본느프와는 그의 작품들을 본다고 할 수 있고, 또 다른 한편으로 본느프와는 클로델처럼 말라르메 작품들의 불확실한 의미들을 오히려 그 지나친 명확성으로 간주하며 해독의 어려움을 극복하고 있다고 할 수 있다. 두 경우 모두 본느프와가 그의 작품들이 일상 언어의 '우연성' 문제를 어떻게 해결하려는지 보는 것을 근본 목적으로 함에는 틀림이 없을 것이다.

말라르메의 작품들은 불순한 일상 언어의 '우연성' 문제를 그처럼 깊이 탐색하는데, 본느프와에 따르면 이 작가는 그 '우연성' 때문에 세계가 '순수 개념'을 지니지 못하고 왜곡된 관념적 의미의 우발적인 양상을 갖는다 생각하고(일상 언어로부터 나오는 어떤 관념적인 의미와 임의적이고 우발적인 의미는 세계가 원래부터 지니고 있는 순수성을 변질시킨다는 의미에서) 이를 작품들 속에서 바로잡아 보려 한다. 그러나 이는 쉽지 않아 그는 자신의 창작행위가

---

88) L'expression de Paul Claudel, dans "Préface" d'Henri Mondor, *Vers et Prose* (par Stéphane Mallarmé), Paris, Librairie Académique Perrin, 1961, pp.43 – 44.

무능하다는 것만 느끼게 된다. 본느프와는 자신도 그 작가처럼 이런 종류의 무능함을 느끼기 때문에 이는 아마도 인류에게서 형이상학적인 말기현상처럼 심각한 현대 시인들의 한 특성이 아닌가라고 생각한다. 실제로 한 비평에 따르면 본느프와는 세계 속에서 불가분의 관계에 있는 언어와 인간 존재에 대해 탐색하는 것을 시 작업의 근간으로 삼는데, 이 창조 작업에서 그의 무능력을 체험하고 그 고통을 시에서 쓴다고 한다 : "어디에서도 그런 움직임[현대시의 바탕을 이루고 있는 무력감에 대한 체험]은 이브 본느프와의 작품 『어제는 사막을 지배하며』에서 보다 더 깊이, 그리고 『두브의 동과 부동에 대해』에서 보다 더욱더 의미적으로 나타나지 않는다. 그의 작품은 현대시의 조건 자체가 되는 창조에 따른 무능함을 체험하는 단계들을 가장 가까이 따라가면서 이야기하고 있다."[89]

본느프와는 글 쓰는 행위에서 느끼는 그런 무력감은 자신이나 말라르메 등 현대 시인들이 거의 겪는 것이어도 이 무력감에 대처하는 방법은 작가들마다 다르다고 한다. 그에 따르면, 말라르메는 일상 언어가 불순하게 만드는 진실의 세계를 잘 밝히지 못해 자신의 글쓰기가 무능하게 느껴져도 이 언어에 대한 희망을 버리지 않음으로써 그 무력감을 극복한다는 것이다.

> 그런데 사실 말라르메는, 경험적인 존재가 놀라게 하고 실망을 시켜도,
> 언어의 잠재 능력에 그의 희망을 걸었다.
>
> Or, c'est vrai que Mallarmé, étonné et déçu par l'être

---

89) Jacques Borel, "D'une expérience de l'impuissance(Yves Bonnefoy et d'autres poètes)", *Cahiers du sud*, n. 380, 1964, p.277.

empirique, a reporté son espoir sur les virtualités du langage.[90]

　　따라서 본느프와는 말라르메에게서 일상 언어는 인간으로 하여
금 모든 경험을 불합리하게 체험하도록 하지만 그래도 이 언어는
관념이 제거된 '순수 개념'을 통해 세계의 실체를 정립하는 그런
절대 언어를 향해 갈 수 있는 언어라고 생각한다. 일상 언어는 절
대 언어가 되려면 특히 시 속에서 '구제'되어야 하는데, 이때 일상
언어에는 '구제'될 수 있는 어떤 잠재력이 있다고 할 수 있다. 시가
언어 실천을 통해 일상 언어를 절대 언어가 되게 할 수 있다는 의
미에서 일상 언어의 시 속에서의 '구제'를 말한다.

　　　말라르메가 우리의 일상생활에서 불완전한 표현들과 무익한 활동들을
　　결부시키는 불행한 연관성들에 대해 시라고 하는 그런 '한정적'이면서도
　　구원하는 행위를 내세울 수 있었음을 우리는 안다.

　　　Et l'on comprend que Mallarmé ait pu opposer aux
　　enchaînements malheureux qui relient dans notre vie ordinaire
　　les représentations imparfaites et les activités inutiles cette action
　　«restreinte» mais salvatrice, la poésie.[91]

　　본느프와의 입장에서 보면, 말라르메는 일상 언어의 잘못된 사용
에 의한 말들의 불행을 바로 시가 해결해 주리라 믿는 것이다. 시
에서 이런 '구원'의 역할을 찾아내는 이 작가의 시학에서 본느프와
는 목적론적인 가치를 끌어낸다고 할 수 있다. 말라르메의 문학은

---

90) Yves Bonnefoy, "La poétique de Mallarmé", *Le Nuage rouge*, *op.cit.*, p.185.
91) *Ibid.*, p.193.

시의 직능에 '구원'하는 그런 힘의 가치를 주는 것을 목적으로 삼고, 그 직능에 이 가치를 주기 위한 수단이 되지 않는다는 것을 본느프와는 말하려는 것 같기 때문이다. 이때 그는 말라르메의 시학과 자신의 시학을 대비시키고 있다고 할 수도 있을 것이다. 본느프와의 시학은 말라르메의 시학과는 달리 세계의 본질 파악을 위한 미래 지향적인 수단이 되고 그 목적이 되지는 않으려 하기 때문이다.

본느프와에 따르면, 말라르메는 일상 언어가 시 속에서 '구원'될 때 획득할 수 있는 절대 언어의 '순수 개념'을 '이데아' 세계의 기반으로 본다. 그 작가에게서 이 세계는 시 형식 속에서 분출되는 담화의 창조성을 통해 인간 조건의 진실을 밝혀 주는 듯하다.

> 신기하게도, 말라르메는 창조의 철학, 달리 말하면 담화 속에서만, 그 본질상 침묵상태에 있는 이데아의 증인이 되었을 것이다.

> Curieusement, Mallarmé n'aura été le témoin de l'Idée, qui en son être est silence, que dans une philosophie de la création, autrement dit un discours.[92]

본느프와는 말라르메에게서의 '이데아' 세계를 이처럼 담화적인 글쓰기 방향에서 봄으로써 이 세계가 언어에 대해 존재하고 있음을 말한다.[93] 그가 보기로는, 말라르메에게서 현실을 원래 그대로 정확하게 인지하면서 글을 쓸 때 이 행위는 관념화 너머로 가서 더 이상 아무것도 덧붙여지지 않고 또한 언어 지시대상물로도 그치지

---

92) Yves Bonnefoy, "La poétique de Mallarmé", *Le Nuage rouge*, *op.cit.*, p.203.
93) 본느프와는 이때 말라르메가 언어와 실재 본질의 관계를 정립하지 못한 것을 주목하는 것이라고도 할 수 있을 것이다. 하지만, 본느프와가 어쨌든 말라르메의 시학을 언어 문제 쪽에서 다룬다는 관점에 국한해서 우리는 설명한다.

않는 순수한 '이데아' 세계에 있게 된다. 세계의 동력은 인간 정신 활동의 의지적인 면에 따라 전개된다는 '의지론적인 입장'에서 벗어나 모순된 우발적인 현실 상황들을 제거하며 진정으로 '절대적인 죽음'과 같은 경지에 이르는 순간에, 따라서 '무Néant'의 순간에, 최상의 의미를 지니는 '이데아' 세계는 느껴질 것이다.

> 말라르메가 그래서 실제로, "이지튀르는 그저 단순히 주사위들을 흔들고" 그 다음에는 "책을 덮는다 – 촛불을 불어서 끈다 – 우연성을 지니고 있던 그의 입김으로: 그리고는, 팔짱을 끼고서, 그의 조상들 유골 위에 눕는다."라고 말한다. 달리 말하면, '종족'의 마지막 후손이 죽고자 했던 것이다. 그처럼 그의 숨결로 우연성 자체를 폐기해 버림으로써, 그는 이번에는 진실이라고 할 수 있는 어떤 절대의 순간에 이르기 때문이다.

> Mallarmé indique alors, en effet, qu'«Igitur secoue simplement les dés» puis «ferme le livre—souffle la bougie,–de son souffle qui contenait le hasard: et, croisant les bras, se couche sur les cendres de ses ancêtres». Autrement dit, le dernier de la «race» a choisi de mourir parce qu'ainsi, abolissant avec son souffle le hasard même, il accède à un instant d'absolu qu'on peut cette fois dire authentique.[94]

본느프와가 말라르메의 작품들을 보며, '죽음'의 경지에서 느낄 수 있는 세계로 상징화한 '이데아' 세계는 장 – 피에르 리샤르Jean-Pierre Richard가 이 작품들을 논평하면서 정의한 '이데아' 세계와 거의 같은 맥락 속에 있는 것 같다 : "이데아, 빛, 몽상은 여기서는 나누어진 하나의 같은 미광이고, 그 분열과 죽음에 '의거해서' 그

---

94) Yves Bonnefoy, "La poétique de Mallarmé", *Lieux et destins de l'image*, op.cit., pp.259 – 260.

스스로 우의적으로 사로잡혀 있는 오직 하나의 유일한 본질이다."[95] 이 비평가가 본 말라르메의 '이데아' 세계는 막연한 추상적인 영역이 아니고, '죽음'을 통과한 '빛'의 확장으로 그 실체가 확실히 드러나는 구체적인 세계이다. 본느프와가 본 말라르메의 '이데아' 세계도 '죽음'의 의미와 함께 파악되는 곳이고, 또 이 '죽음'은 '우연성이 폐기된' '순수 개념' 세계에 대한 갈망을 상징한다. 따라서 본느프와에게 말라르메의 '이데아' 세계는, 리샤르에게 말라르메의 그곳처럼 그 실체에 대해 확신을 준다.

이렇게 본느프와는 말라르메의 작품들에서 '순수 개념'에 근거를 둔 '이데아' 세계를 파악하려 한다. 그런데 앞에서 보았듯이, 그는 '순수 개념'이나 이에 대립되는 '일상적 개념'을 언어 영역에서 생각하고 있다. 따라서 본느프와의 탐색에서는 언어 문제가 중시되고, 이때 낱말들의 기능도 구체적인 관심 대상이 된다. 예를 들면, 본느프와는 『이지튀르 Igitur』에 수록된 「자정 Le Minuit」이라는 한 장(章)에서, 그리고 다른 텍스트에서 말라르메가 '밤nuit'이라는 낱말에 관련해 쓴 것을 연구한다. 이제 이 점을 살펴보려고 한다.

10.2. 낱말 '밤nuit'

본느프와는 말라르메의 글 「자정」과 그리고 그의 다른 텍스트를 살펴보며 '밤'을 뜻하는 'nuit'라는 말의 '음성기호'가 '밝음'이라는 '의미자질'을 지닐 수도 있을 것이라고 우선 자기 관점에서 생각해

---

95) Jean - Pierre Richard, *L'Univers imaginaire de Mallarmé*, Paris, Seuil, 1961, p.186.

본다.[96] 그는 이 말의 유성음성상의 '소리'와 그 의미적인 특질이 일치되는지 안 되는지를 파악하려 한다.

> 게다가, 그처럼 어떤 하나의 '국부적인' 소리가 되었고, 그 자체에서, 시 전체의 한 성분이 되었기 때문에, '뉘nuit'라는 음성기호는 그 잠재적인 의미작용의 힘 속에서, 자신의 온 감각적인 특질을 갖게 되고 − 소리들과 우리의 존재방식 간에는 어떤 상응관계가 없는가? − 그래서 우리 마음 속에 형성되는 인상에서 주목할 필요가 있는 '밝은 것'이라는 것에 적합할 수도 있을 것이다.

> En outre, d'être ainsi devenu un son «local», une composante, en soi−même, du tout du vers, le signifiant phonétique *nuit* est rendu au plein de sa qualité sensible, dans sa virtualité signifiante − n'y a−t−il pas des correspondances, entre les sons et nos modes d'être? − et va pouvoir se prêter à ce que nous avons de «clair» à noter dans l'impression qui se forme en nous.[97]

본느프와가 'nuit'라는 말의 음성상의 울림이 예를 들면 말라르메의 시 전체 안에서 '밝은' 느낌을 주는 성분이 될 수 있을 것이라고 생각하는 것은 이 말과 그 주변 말들의 소리와 의미단위가 조화를 이룸으로써 그런 인상이 더욱 강하게 주어지고 그에 따라 비로소 시 작품이 된다는 것을 말하는 것이다. 그런데 본느프와에 따르면 그 말은 사용 면에서 어둠에 대한 것을 의미하고 그 음성적인

---

96) 말라르메도 낱말 'nuit'가 밝은 음색을 지녀서 결국은 그 소리와 의미가 일치되지 않고 있음을 주목하고 있다 : "[…]; quelle déception, devant la perversité conférant à *jour* comme à *nuit*, contradictoirement, des timbres obscur ici, là clair"(Stéphane Mallarmé, 「Crise de vers」, *Divagations*, dans *Igitur, Divagations, Un coup de dés*, *op.cit.*, p.245). 따라서 본느프와는 말라르메의 이 생각을 자기 견해에 따라 더 깊이 사색해 보는 것이라고 할 수 있다.

97) Yves Bonnefoy, "La poétique de Mallarmé", *Le Nuage Rouge, op.cit.*, p.189.

소리 면에서 '밝은' 느낌을 준다고 생각할 때 그 말의 사용은 모순된다. 그의 이 관점은 모리스 그라몽Maurice Grammont의 시 언어 이론 방향에 있다. 그라몽의 설명에 비추어 보면 실제로 'nuit'에서 모음 [i]는 음질상 밝은 느낌을 주는 음소이고 게다가 자음 [n]은 지속적으로 유연하게 발음이 되는 음소이므로 이 단어는 필연적으로 밝고 평온한 분위기가 오래 계속되는 상황을 지칭한다 : "'밝은' 모음들은 그 조음점이 입천장 앞부분을 향해 놓이는 모음들, 즉 폐쇄모음 *i, u, é, è, eu*이고 비모음 *in*이다. 이 모음들 중에서 가장 폐음이고 가장 앞부분에서 발음되는 두 모음 *i*와 *u*는 '날카로운' 모음이라는 이름으로 따로 구분될 수 있다."[98] ; "*i*와 마찬가지로 é에도 주의하면서 밝은 모음들을 전체적으로 다룬다면 이 모음들은 무거운 모음들보다 더 가냘프고 더 부드럽고 더 경쾌한 느낌을 주고 있음을 알게 된다."[99] ; "비자음들 *n*과 *m*은 비모음들의 그것과 거의 같다. 비자음들은 부드러움과 유연함, 나른한 느낌을 준다."[100]

'nuit'라는 말은 '밤', 즉 어둠을 의미해서 그 음소들의 음색이 주는 밝은 분위기에 맞게 실제 의미가 사용되고 있지 못하기 때문에 본느프와는 사물에 대한 '언술행위' 때에 낱말들의 각 음소 결합에서 오는 '소리'와 말들의 실제 '개념', 즉 의미는 반드시 일치되지 않는다고 결론짓는다. 그의 생각에는 이 불일치 현상으로 해서 인간의 언어행위는 가장 '고귀한' 것임에도 불구하고 높은 수준의 행위가 될 수 없다. 말라르메도 이를 인정하는 것 같다.

---

98) Maurice Grammont, *Petit traité de versification française*, Paris, Armand Colin, 1965, p.127.

99) *Ibid.*, p.129.

100) *Ibid.*, p.136.

언어의 각 낱말은 대상에 대한 언술행위에 의미들로부터 오는 무엇인가 그 이상의 것, 즉 음소를 도입한다. 그리고 언어들에서 낱말의 소리와 그 개념 간에는 어떤 필연적인 관계도 존재하지 않기 때문에, 설명이란 것은 그 자체에서 허무한, 거무스름한 잉크 방울에 의해서처럼 혼돈스럽고, 잠시 접하게 되는 기쁨도 사실은 환상으로 밝혀진다. 그래서 인간의 가장 고귀하고 특수한 그런 행위는 – 말라르메는 이를 통찰력이라고 부른다 – 정말로는 불가능할 뿐이다.

Chaque mot de la langue introduit dans l'énonciation de l'objet quelque chose de plus, qui vient des sens, le phonème; et puisque aucun lien nécessaire n'existe dans nos langues entre le son du mot et la notion qu'il évoque, l'élucidation est troublée comme par une goutte d'encre noirâtre qui est en soi le néant, la jouissance entrevue se découvre en fait un mirage. Et l'acte le plus haut, et spécifique de l'homme, – Mallarmé le nomme la Vue – n'est plus que l'impossible par excellence.[101]

본느프와가 파악한 바로, 말라르메는 'nuit'라는 말처럼 한 낱말의 소리와 의미가 흔히 일치되지 않는 인간 언어에 대해 '회의'를 느끼고 이 불일치 현상을 아예 무시해 버린다. 이 현상으로 해서 언어행위는 높은 수준이 될 수 없다고 한 본느프와만큼 말라르메도 이 현상을 심각하게 받아들이는 것이다.

일상어의 그런 타락과, 그리고 글쓰기 특유의 작업에 대한 그런 깊은 관심에 대해 생각될 수 있는 것은 말라르메가 말이 지시하는 대상물을 개의치 않는다는 것이다. 달리 말하면, 그는 낱말들과 아무 관계도 없는 '현실'에서 언어기호를, 즉 그 자체인 기표와 개념을 동시에 지지하는 것에 개의치 않는다는 것이다. 예를 들면, 우리가 아주 어설프게 이미 말하고 있는 그 밤의 실제 현실에 관해서는 그가 회의적이라는 것이다.

---

101) Yves Bonnefoy, "La poétique de Mallarmé", *Le Nuage Rouge*, *op.cit.*, p.186.

On pourrait croire, devant cet abaissement de la langue usuelle, et ce profond intérêt pour le travail propre d'une écriture, que Mallarmé ne se soucie pas du référent, autrement dit de ce qui, dans le «réel» extérieur aux mots, cautionnerait le signe verbal, lui-même signifiant et notion ensemble : sceptique par exemple quant à la réalité effective de cette nuit dont déjà nous parlons si gauchement.[102]

본느프와는 결국 자신도 말라르메처럼 'nuit'라는 말을 위시해서 각 낱말의 소리들과 의미들이 일치되는 높은 단계의 최상의 언어를 추구함을 말한다. 그의 이 시각은 말라르메에게서 그리고 자기 자신에게서 소쉬르Saussure의 언어 이론이 중요하다는 것을 보여준다.[103] 이 이론가에 따르면 언어기호에서는 기의라고 할 수 있는 개념과 기표라고 할 수 있는 청각적인 이미지가 일치됨으로써만 그 기호의 참된 언어적인 의미가 생성된다. 청각적인 이미지는 특히 말하는 주체의 심리적인 면을 담은 소리가 계속되는 시간선상에 퍼져 가면서 유지되는 감각적인 표현이다. 여러 언어기호의 청각적 이미지들과 개념들이 서로 보충이 되면서 관계들을 가질 때 텍스트 전체의 의미가 형성된다는 것이다 : "그러나 여기에 바로 그 문제의 역설적인 면이 있다. 한편으로, 개념은 기호 내부에서 청각적인 이미지의 보완물로 나타나고 다른 한편으로, 이 기호 그

---

102) Yves Bonnefoy, "La poétique de Mallarmé", *Le Nuage rouge*, *op.cit.*, p.190.
103) 사실, 본느프와는 자신의 비평 저서들에서 때로 소쉬르의 이론에 동의하거나 또는 동의하지 않으면서 그의 언어 이론에 관심을 두고 있기 때문에, 우리는 그렇게 말한다. 그리고 본느프와의 주요 탐색 방향은 사물이나 어떤 상황에서 허상과 같은 그들 이미지보다는 그들의 '현존' 자체를 보는 것이기 때문에, 언어기호 이론이나 구조주의 이론은 그의 이런 관점을 정당화하는 데 부분적으로(긍정적인 면에서 또는 부정적인 면에서) 사용되는 정도라고 할 수 있을 것이다. 그가 말라르메의 시학을 비평하는 것도 이 범주에서 크게 벗어나지 않는다고 생각된다.

자신은 다시 말하면 그 두 요소를 연결하는 관계는 또한 똑같이 언어의 다른 기호들의 보완물이다."[104]

간접적으로 우리에게 소쉬르의 이론을 상기시키며 본느프와가 그처럼 말라르메에게서 그리고 자신에게서는 'nuit'와 같은 낱말의 기표와 기의의 일치가 필요함을 역설해도 우리가 또 다른 이론가 벤베니스트Benveniste의 생각을 참조하면 그 일치 문제는 별로 의미가 없다고 할 수 있다. 이 이론가에 따르면 한 낱말이 음성에 의해 발음되는 말하자면 청각적으로 들리는 소리에 의한 기표의 직능은 그 낱말이 지칭하는 실제 대상물이나 상황의 본질을 드러내야 할 기의의 직능과는 흔히 불일치된다. 따라서 문제 삼아야 할 것은 어떤 대상물이나 상황이 왜 어떤 특정한 언어기호로 지칭되고 있는지를 역사적 상황 등을 관찰하며 파악해야 하는 것이다 : "관계가 변경되고 또 동시에 불변인 채로 있는 것은 기표와 기의 간에서가 아니고 기호와 대상물 간에서이다. 달리 말하면 그 변함 없이 확고부동한 것은 여러 다양한 역사적 요인의 작용을 그런 식으로 따라가는 지칭의 '객관적인 동기'이다."[105]

벤베니스트 이론대로 하면 'nuit'라는 낱말을 비롯한 모든 낱말에서 흔히 보게 되는 기표와 기의의 불일치 문제는 정작 심각하게 연구해야 할 근본 문제가 아니겠지만, 본느프와 자신은 물론 말라르메도 이 두 기능의 일치를 추구하고 있다. 본느프와 생각에는 두 기능의 불일치는 인간 언어가 바로 인간 자신을 배신하는 것이 된다. 이런 불행한 상황 앞에서 말라르메는 특히 시의 존재마저 확신

---

104) Ferdinand de Saussure, *Cours de linguistique générale*, Paris, Payot, 1969, p.159.
105) Emile Benveniste, *Problèmes de linguistique générale* I, *op.cit.*, p.53.

할 수 없는 지경이 된다. 이 고통은 「자정」이라는 텍스트에서 또는 산문집 『디바가씨옹 *Divagations*』에 있는 「시의 위기 Crise de vers」에서 잘 나타난다. 그는 말라르메가 그 고통에도 불구하고 '행복'을 바란다고 한다.

> 시에서 그[말라르메]의 행복은 말들의 무대 위에서 창조하는 것일 것이다. 힘 작용의 무의미로 치닫는 일상어에 일종의 최상의 작용을 위해 허구의 세계를 비교하고 견주면서.

> Son[Mallarmé] bonheur à la poésie serait, sur la scène des mots, de *créer*: opposant à la parole ordinaire, qui va au néant de l'action, un monde fictif, pour une sorte de jeu suprême.[106]

본느프와가 보기에 말라르메의 '행복'은 곧 시가 진정으로 '창조적인' 순수한 세계가 아닌, 그러니까 관념적인 '허구의 세계'를, 즉 가상의 세계를 기필코 물리치는 '최상의 작용'을 하며 세계의 진실을 '창조'해서 그 존재를 굳건히 하는 데 있다.[107] 말라르메에게서 시의 존립은 말이 사물이나 현상들을 그저 지시하는 언어기호로서만 직능하지 않고 그의 기표와 기의가 일치하는 조건 속에서 '순수

---

106) Yves Bonnefoy, "La poétique de Mallarmé", *Le Nuage rouge*, *op.cit.*, pp.190–191.

107) 앞의 인용문에서 본느프와가 "일상어에 허구의 세계를 비교하고 견준다."라고 할 때, 이는 완벽하지 못한 '일상어'에 '허구의 세계'를 대립시켜서 이 세계를 '창조'의 시 세계로 보려 한다기보다는, 부정적인 같은 맥락 속에 있는 '일상어'와 거짓의 세계를 비교하여 그 우위를 가려본다는 의미가 아닌가 한다. 그리고 본느프와가 비평하면서 언급하는 '추상'이나 '관념' 또 '우연성'이라는 요인들은 모두 시가 지녀야 할 순수성을 해침으로써 결국은 시를 '창조'의 세계가 아닌 가공의 세계로 몰아 넣는 것들이라 할 수 있다. 본느프와는 시적 순수성이란 이 세 요인 속에서는 이루어질 수 없다고 보고 있다. 특히, 본느프와가 '순수 개념'이라고 할 때 쓰는 '개념'이란 용어와 이에 관련해서 쓰는 '이데아'라는 용어는 '관념'의 의미가 아니고 그 이상의 어떤 다른 의미를 지니는 것 같다. 더욱이 '개념'이란 말을 사용하는 것은 모순이라는 것을 본느프와는 알면서도 부득이하게 이 용어를 사용한다고도 할 수 있을 것이다.

개념' 세계의 본질을 정확하게 의미화할 때 가능한 것이다. 그의 다른 장르 작품들의 존립조건도 이와 마찬가지다. 이 때문에 본느 프와는 말라르메의 작품들에서 'nuit'라는 낱말의 음성학적 성분이 그 의미자질과 일치되는지 문제를 탐색하기 시작한 것이다. 각 낱 말이 모여 있는 말 그룹들의 음성언어적인 특성과 함께 그들의 음 절리듬 상황은 특히 시의 운율 형성에 관여하기 때문에, 본느프와는 이 방향에서 그 작가 시들에서의 언어의 '음악성' 문제도 살펴본다.

10.3. 언어의 '음악성'

세계 앞에서 시 주체가 느끼는 모든 인상은 운율적인 언어의 리 듬 속에서 솟아나기 때문에 시는 본질적으로 운율언어 예술이라고 할 수 있다. 이 관점에서 본느프와는 말라르메의 시들에서 세계에 대한 주체들의 '즉각적인' 인상을 표출시키는 것이 운율이라고 보 고 그의 시들 '음악성'을 말한다.

> 그래서 이번에 말라르메는 다시 찾아낸 그런 즉각성을, 그리고 시의 이 즉각성 획득을 '음악성', 음악이라 부르기로 했다.

> Et voici donc que Mallarmé a choisi d'appeler «musicalité», musique, cette immédiateté retrouvée, et l'accession du poème à celle-ci.[108]

따라서 말라르메의 시들에서 본느프와가 주목하는 '음악성'은 음

---

108) Yves Bonnefoy, "La poétique de Mallarmé", *Lieux et destins de l'image*, op.cit., p.264.

계 내에서 감각적인 자료들을 표현하는 음표들 소리의 결합이 아니고 낱말들이 그들의 음절 수에 따라 배치되면서 운율적으로 조직될 때 나오는 것이다. 그 시인이 오래도록 사용한 12음절 시구 같은 정확한 운율의 규칙적인 형식 속에서든 모호한 운율의 불투명한 형식 속에서든, 그의 시들에서 '음악성'은 '수' 법칙 아래서 '음조상의 기법'에 바탕을 둔 '구성' 영역이라 할 수 있다.

> 요컨대, '낱말들'은 언제나 거기, 시 속에서, 오래되고 오염된 말들이다. 하지만 음조상의 기법이 야기한 '구성'은 우리를 배신하는 그들의 의미 방향을 돌려 신선한 투명성을 탁하게 하는 약간의 어둠을 흩어지게 했다. 그래서 무엇인가 사라져 버린 것, '잊혀 버린 것'이 선명하게 수의 렌즈 속에서 다시 형성된다.

> En résumé, les *mots* sont toujours là, dans le vers, les mots anciens, et impurs, mais la *composition*, suscitée par la convention prosodique, a tourné leur sens qui nous trahissait, dissipé la goutte de nuit qui troublait la transparence native. Et quelque chose de perdu, d'«oublié», se reforme avec netteté dans la lentille du nombre.[109]

이처럼 본느프와가 살펴본 말라르메의 시들에서 '음악성'은 악기 소리를 모방하는 듯한 각 낱말 소리의 감각적인 울림에서 나오는 것이 아니고 낱말들이 문장 간의 운율적 담화의 리듬을 타는 언어의 '음악성'이다. 일상의 음악은 제한된 음악요소들을 통해 감각세계를 음표로 전환시키지만, 그의 시들 음계는 광범위한 영역에서 선택된 낱말들로 연결되기 때문에 거대하다. 거대한 시들 음계에서

---

109) Yves Bonnefoy, "La poétique de Mallarmé", *Le Nuage rouge*, *op.cit.*, p.190.

는 낱말들 조직이 그들의 인과관계를 형성하는 데 국한되지 않고 세계에 대한 주체들의 심리 상황을 표출시킨다. 따라서 본느프와는 말들의 음표에 의한 언어리듬의 음악소리는, 감각적인 양상들만을 드러내며 울려 퍼지는 악기들의 소리와는 달리, 주체들의 의식운동을 형태화하는 시들 리듬구조의 소리라고 생각한다.

언어리듬의 음악소리로 특히 주체들의 의식운동에 형태를 주는 말라르메 시들의 운율적인 창조성이 본느프와가 본 바로는 「주사위 던지기는 결코 우연성을 파괴하지 못하리라」라는(앞에서 그 일부가 제시된) 시에서 잘 나타난다. 여기서는 주체의 세계에 대한 인식이 운율시의 형태로 잘 시각화되어 있다는 것이다. 이 시는 아무리 '주사위를 던져도' 말들의 우발적인 의미요소들이 제거되지 않아서 관념에 빠져 버린 세계의 모순성을 주체가 체험하는 것을 보여주는 듯한데, 이는 여기저기 흩어져서, 그러나 질서 있게 자리 잡고 반짝이는 별들의 모습처럼 특이하게 배치된 시행들의 형식을 통해 알 수 있다고 한다. 본느프와는 따라서 독특한 형식의 시행들 담화의 '음악성'이 주체의 체험을 공명하게 하고 더 나아가 시선을 멈추게 한다는 것을 말하는 것이다. 시 언어 리듬의 소리를 듣고 시행들을, 그리고 말들을 본다는 의미다.

시 「주사위 던지기는 결코 우연성을 파괴하지 못하리라」에 관련해서 본느프와는 시란 듣는 행위로부터 보는 행위로 통과한다는 것을 상기시키기 때문에 그의 관점은 다음의 관점과 다소 통하는 것 같다 : "구두 표현에서 시각적인 것으로 통과할 때, 분명히 말해서 이 둘 사이에는 이질성은 없으나 하나의 이행상태가 있고 계속적인 어떤 흐름이 있음을 보게 될 것이다. 말라르메가 '주사위 던지기'를 그에게 읽어주어서, 발레리Valéry가 '내가 그 훌륭한 작품을 본 첫 번째 사람이라는 것을 나는 잘 알고 있다.'라고 말한 장면, 이 장면은 시각적인 것과 목소리 간의, 구술리듬과 활판 인쇄상 리듬 간의 관계들에 대한 원초적인 장면 같다."[110) 본느프와가 그 시에서 주체의 목소리를 들을 수 있는 운율리듬과 흐트러진 낱말들 배치로 인해 특이하게 보이는 리듬을 함께 생각하고 있듯이, 이 비평도 들을 수 있는 언어표현의 문제와 볼 수 있는 시선작용의 시각적인 문제가 말라르메의 시에서 하나로 통해 있음을 말한다. 말로 표현되는 시를 연주하는 주체의 목소리는 들을 수 있는 운율언어리듬을 형성하고, 글 쓰는 공간 속 페이지 안에 분산되어 인쇄된 낱말 그룹들은 볼 수 있는 활자언어리듬을 형성하는데, 이 구술언어리듬과 활자언어리듬이 마치 형이상학의 우주처럼 조화를 이루고 있다는 뜻에서다.

본느프와는 「주사위 던지기는 결코 우연성을 파괴하지 못하리라」에서 주체의 목소리를 들을 수 있는 운율리듬을 보이는 텍스트의 리듬 공간 위에서 보여주는 인쇄된 낱말 그룹들에 관련해서 색깔 문제를 언급한다. 텍스트 공간 위에 다소 산만하게 놓인 낱말들의 검은 색깔은 낱말들로 채워지지 않은 다소 무질서한 형태의 하얀 공간의 색깔과 대비를 이룬다는 뜻에서다. 그는 대비되는 두 색깔은 들을 수 있는 운율언어리듬의 소리와 동시에 교감을 하여 모순된 어떤 관념의 세계가 시 속에서 창출되지 않도록 기여할 수도 있을 것이라고 생각한다. 따라서 본느프와에게서 하얀 빈 공간은 검

---

110) Henri Meschonnic, *Critique du rythme(Anthropologie historique du langage),* *op.cit.,* p.296.

은 색깔의 낱말들 공간처럼 언어리듬의 공간이다. 이는 결국 시 문장들 속에서 운율언어리듬을 형성하는 데 바탕이 되고 또 이 리듬을 보여주는 검은 낱말들과 빈 공간의 하얀 낱말들이 소리이고, 이 소리가 곧 낱말들의 검은 색깔과 하얀 색깔이라는 것을 생각하게 한다. 말라르메의 그 시 경우에 언어의 '음악성'은 '소리'와 '색깔'의 이런 일원화에 의해 이루어지는 것이라 할 수 있을 것이다. 본느프와는 이 일원화에 대한 생각을 보들레르에게서 가져와 그가 이 시인의 영향을 받았음을 보여준다.

> 낱말이 우선 하나의 소리라고 할 때, 이 소리는 공감각 현상을 통해, 이 개념의 보들레르적인 의미에서, 실제로 색깔을 연상시킨다. 소리-색깔이라고 하는 - 부대적으로 냄새는 안 되겠는가? - 이 사건은 따라서 같은 종류가 모여서 서로 어우러지는 양상들과 같다.

> Si le mot est d'abord un son, celui-ci, par correspondance, au sens baudelairien de cette notion, évoque en effet de la couleur, et cet événement son-couleur - et subsidiairement odeur, pourquoi pas? - est donc comme de plain-pied avec des synthèses de même sorte, les aspects.[111]

시 「주사위 던지기는 결코 우연성을 파괴하지 못하리라」에서 텍

---

111) Yves Bonnefoy, "La poétique de Mallarmé", *Lieux et destins de l'image, op.cit.*, p.264. 말라르메 그 시의 운율언어리듬의 소리와 낱말들의 색깔들(검은색과 흰색)은 그들의 기호체계가 다르기 때문에 각각 그들의 사용체계들 속에서만 가치를 지닌다. 색깔들은 그 자체에서는 언어적인 기호와는 아무런 상관이 없고, 단지 그것들을 지칭하는 언어의 중개로 그들의 이름을 지니면서 다른 색들과 구분되는 가치만을 지닌다. 반면에, 리듬의 소리는 언어기호체계 속에서 시 주체 언술행위의 의미작용과 함께 그의 심리상태 등 개인적인 문화 요인들을 드러낸다. 따라서 본느프와가 '소리'와 '색깔'의 일원화를 말하는 것은 이런 기호체계들 면에서 볼 때 모순된다. 그러나 언어의 '우연성'이라는 문제가 이 두 다른 체계를 상응관계에 놓는 상징적인 매개변수가 된다. 그는 이 상징적인 의미에서 두 체계('냄새'까지 생각하면 세 개의 체계)의 교감을 말한다고 볼 수 있다.

스트 공간 위에 뿌려진 듯 다소 흐트러진 상태로 놓여 있는 낱말들에 의해 남겨진 하얀 여백을 본느프와가 언어 공간으로 보는 점에 대해 조금 더 언급하면, 그의 이 생각은 풀레Georges Poulet의 생각과 다소 유사하다. 풀레도 말라르메의 여러 시에서 보이는 빈 공간을 언어 공간으로 본다. 그의 생각으로는, 검은 낱말들로 채워지지는 않았어도 시들의 빈 공간은 하얀색으로 가득 채워진 것이라서 주체들이 목소리를 통해 말하려는 무엇인가가 그 속에 있다고 할 수 있다. 또한 여백은 독자의 펜이 침투할 수 있는 공간이고 그래서 무엇인가 새로운 것이 이루어질 수 있는 곳이다. 여백이 시들을 연극화한다 : "마찬가지로 말라르메의 공간은 가득 채워져 있는 공백이고 외관이 충만하게 그 구실을 하는 공백일 것이다. 이미 매우 구체적인 관점에서 그렇다. 그것은 펜으로 그 위에 검은 글씨를 쓰게 되는 하얀 여백이다. 따라서 이렇게 '가득 채우는 일'이 어떻게 이루어지는지 고찰할 필요가 있다. 시를 연극이라고 상상해 보자. 한쪽에는 무대가 있고, 다른 쪽에는 극장 홀이 있잖아."[112] 풀레도 이렇게 말라르메의 시들에서 빈 공간을 본느프와처럼 언어 공간으로 보고 있다. 하지만 그는 본느프와와는 달리 빈 공간을 언어리듬 공간으로 보고 있지는 않다.

본느프와는 그처럼 말라르메의 그 시에서 하얀 여백의 기능을 생각하면서 '소리'와 '색깔'의 일원화에 따른 언어의 '음악성' 문제를 탐색한다. 그는 또한 말라르메의 다른 시를 보면서도 언어의 '음악성'을 생각하는데, 이는 말라르메의 모든 시가 이 '음악성'을 바탕으로 해서 '순수 개념'의 '이데아' 세계에 도달하는 것을 궁극

---

112) Georges Poulet, *Etudes sur le temps humain* Ⅱ, Paris, Plon, 1952, pp.350－351.

목적으로 삼기 때문이다.

*   *   *

본느프와가 말라르메의 전 작품에서 주목하는 것은 근본적으로 언어가 그 자신이 낱말들의 직능에 따라 창출할 수 있는 허상의 관념들을 스스로 모두 제거해서 바로 '순수 개념' 세계의 실체를 건립하려 한다는 점이다. 이 세계를 창조하는 언어는 관념적이지 않은 아름다운 '이데아' 세계로 가기 위해 현실세계의 실체를 정립할 것이다. 본느프와는 '순수 개념' 언어가 '일상적 개념' 언어와 대립 상태에 있음을 본다. 일상 언어는 유한적인 현실을 담당하며 순수 언어가 무한의 '이데아' 세계를 창설하는 것을 방해한다. 일상 언어의 임의적인 기호 역할은 현실을 추상화함으로써 현실을 정확히 인지할 수 없게 하기 때문이다. 이 언어 속에서 인간의 지성은 사물 간의 또는 상황 간의 관계에 순간적으로 사라져 버리는 우발적인 요인들을 도입해 현실을 관념적으로 인식하기 때문에 현실의 참모습이 제대로 파악되지 않는다. 말라르메의 작품들은 따라서 일상 언어의 '우연성'이 '순수 개념'을 파괴하도록 해서는 안 된다는 강박관념에 싸여 있다고 본느프와는 생각한다.

본느프와 생각에는 말라르메 전 작품이 주목하는 주요 관심사는 '우연성'이 배제된 '순수 개념' 세계를 파악하는 것이다. 작품들은 따라서 일상생활에서 흔히 관념적인 의미만을 드러내는 불완전한 표현들을 제거하기 위해 현실에 통용되는 습관적인 의미들을 새로운 의미들로 대체하려고 한다. 새로운 말들이 옛 의미를 바꾸고 현실을 새롭게 해서 세계를 언어 속에서 정말로 순수하게 만드는 것을 작품들은 바란다. 본느프와는 작품들의 이런 갈망을 최상의 자질을 지니는 아주 '높은 단계'의 언어 추구라고 정의한다.

본느프와는 말라르메의 작품들이 '높은 수준'의 언어를 추구한다는 것은 작품들 상황 속에서 각 낱말의 가치가 중시되고 있음을 뜻하는 것이라고 한다. 문장들 속에서 이루어지는 낱말들의 사물이나 상황에 대한 지칭이 정말로 지시대상들의 본질을 드러내는지 아니면 그들의 실체와는 다른 것을 의미하는지 파악하는 것이 중요하다는 의미에서다. 예를 들면, 본느프와는 '밤nuit'이라는 낱말의 음성학적인 성분을 분석하고 그 기표와 기의가 일치되지 않는다고 하면서, 이런 불일치는 인간 언어의 불행이고, 특히 말라르메에게서는 시들의 존재를 위태롭게 한다는 것이다. 말라르메가 낱말들의 기표와 기의가 일치될 때만 이들에 큰 가치를 부여하고 이런 일치를 시들의 한 존립조건으로 보는 것은 본느프와의 관점에서 보면 '시는 곧 낱말이다.'라는 그의 신념을 말해 주는 것 같다.

낱말들의 의미자질이 무엇인가를 정확하게 지칭하는지 보기 위해 음성학 측면에서 그들의 소리 성분을 해부 분석할 수는 있겠지만, 말라르메의 작품들 특히 시들에 있어서는 이 소리 측면보다 낱말 그룹들의 운율적인 '음악성'을 보고서 낱말들의 의미요소들을, 그리고 시들의 의미적인 특성을 파악하는 것이 더 중요한 듯하다. 본느프와는 실제로 운율언어의 '음악성'을 말라르메 시들의 실체로 본다. 세계 앞에서의 주체들의 의식이 낱말이라는 음표 형식을 통해 시들 속에 투입된 것이 마치 음악 창작법이 시들에 내재화되어 있는 것 같다는 것이다. 그 어느 시인의 시들보다도 더 말라르메의 시들은 운율적인 언어의 '음악성'을 분출하는 문장 리듬들 관계의 총체라고 할 수 있고, 이 총체로서의 시들은 우주의 힘을 지니는 유일한 '순수 개념'의 세계를 표출시키는 듯하다고 한다. 본느프와 는 이 점에서 그 시인의 시집들 중 어느 것이라도 하나의 텍스트가 아닌 최상의 유일한 텍스트라고 규정짓는다. 이 비평가는 또한 발음에 의한 낱말들의 소리와 활자화된 낱말들의 검은 색깔, 그리고 그들 여백의 하얀 색깔이 서로 교감하며 발하는 운율언어의 '음악성'도 말라르메 시들의 기본요건으로 본다.

언어리듬의 '음악성' 구현으로 말라르메의 시들을 정의하고, 또 그의 모든 작품이 언어의 '순수 개념'과 '일상적 개념'을 대비시키 며 세계의 본질을 추구하는 것을 연구함으로써, 본느프와는 말라르메의 작품들을 언어학과 시학의 만남의 장소로 만든다. 언어의 인류학적인 측면에 바탕을 두고서 주체들의 담화가 개념들의 순수성을 지향하며 항상 새롭고 항구적인 가치들을 생산한다고 할 때의 언어학 쪽 입장과, 작품을 구성하는 요소 간의 관계가 수사학적인 문체의 추구 단계를 벗어나 특히 시들의 경우에 운율언어의 '음악성'을 확립하게 한다고 할 때의 시학 쪽 입장을, 본느프와는 그의 작품들을 연구하며 접합시킨다. 본느프와의 이런 시도는 그가 말라르메의 작품들을 이미 창조된, 정체되어 있는 대상물들로 보지 않고 오히려 작품들로 하여금 그 두 분야를 오가며 계속 새로운 의미들을 창조해서 미래를 향해 가는 창조적인 주체들이 되게 하려는 것이라 할 수 있다. 이는 그의 비평언어가 글쓰기 예술의 자유를 실천하며 그의 시학 비평의 현대성을 정립하는 장면이다.

11
셰익스피어의 작품 비평에서 나타난
이브 본느프와의 자연과 예술에 대한 관점들
-『겨울이야기』를 중심으로

셰익스피어Shakespeare의 여러 희곡 중의 하나인 『겨울이야기 *The Winter's Tale*』는 1610년(또는 1611년)에 쓰여 1623년에 출판된 작품인데, 프랑스의 시인이고 셰익스피어의 번역자인 이브 본느프와는 이를 『겨울이야기 *Le Conte d'hiver*』라는 같은 제목으로 1957년에 번역했다. 이 희곡은 5막으로 되어 있는데 전반부에서는 시칠리아Sicile의 왕 레옹뜨Léonte와 그의 부인 에르미온느Hermione의 행복했던 사랑의 부부관계가 파탄이 나고 후반부에서는 두 사람이 16년간의 이별 후에 다시 결합해 그들의 사랑을 재확인한다. 희곡의 중심 주제는 한편으로는 이처럼 사랑과 삶 문제가 된다. 그러나 이 문제는 사실 본느프와에게는 자연과 예술, 두 영역에 대한 제반 문제를 탐색하게 하는 수단에 불과하다. 이 작가는 자신이 번역한 그 희곡을 1983년부터 1994년에 걸쳐 비평하면서 이런 생각을 하는 듯해 본 연구는 그의 입장을 따라가 보려고 한다.

우선 그 작품의 내용을 보면 다음과 같다. 레옹뜨는 어느 날 에르미온느가 자기 친구인 보헤미아Bohême의 왕 폴릭센느Polixène와 간통을 해서 페르디타Perdita라는 여자 갓난아이를 낳았다고 오해를 하고 극심한 질투에 사로잡혀 모녀를 버린다. 버려진 아이는 한 양 치는 남자에게 발견되어 그의 양녀가 되고 그 사람처럼 목동이 되어 살아간다. 그런데 5월 어느 날 16살이 된 소녀 페르디타는, 양털 깎기를 계기로 다가오는 여름을 축하하는 축제 때에, 이를 주관하는 농가 주인의 딸로서 플로리젤Florizel이라는 청년을 알게 된다. 이 청년은 사실 폴릭센느의 아들인데 양 치는 목동으로 변장을 하고서 페르디타에게 사랑을 고백하고 그녀와 결혼을 하려고 한다. 이렇게 비밀 결혼을 하려는 자기 아들을 막으려고 폴릭센느는 그 시골 축제에 오게 되고 그래서 이때 페르디타는 이 왕에게 여러 꽃을 주며 그와 꽃들에 대해 이야기한다. 이들은 자연과 예술에 대해 정의를 내리기도 한다. 이 모든 내용 중에서 본느프와는 특히 바로 이들의 대화에 근거를 두고 자연과 예술의 두 영역을 밝히려 한다. 따라서 본 연구는 이 작가가 두 영역에 대한 개념들을 어떻게 그들의 대화에서 끌어내며 자신의 결론을 내리는지 보려고 한다.

희곡의 내용으로 다시 돌아가 보면, 그다음은 이렇게 전개되고 있다. 아버지가 자기의 결혼을 반대하자 플로리젤은 페르디타와 시칠리아로 도망을 간다. 이 나라의 왕 레옹뜨는 이 청년과 함께 자기 앞에 오게 된 목동 페르디타가 자기의 친딸임을 알게 되고, 또 16년 전에 이미 죽은 것으로 되어 있던 에르미온느는 조각 동상으로 변장을 하고 자기 남편인 이 왕 앞에 다시 나타남으로써, 16년 만에 세 사람은 재회를 하게 된다. 이 내용들에서 본느프와는 두 젊은 남녀의 진실한 사랑과 왕과 왕비의 영원한 사랑의 회복을 보고 여기서 자연의 개념을 생각한다. 또 이 작가는 레옹뜨의 질투에서, 그리고 실제로 살아 있으면서 부활한 것처럼 등장하는 에르미온느라는 존재의 실체와 그녀 조각상과의 관계에서 자연과 예술문제를 파악하려 한다. 그리고 그는 희곡의 내용 전반에 걸쳐서 자연과 인간과 신 문제를 살펴보려 한다. 따라서 본고는 그의 이런 관점들을 구체적으로 검토할 것이다.

본느프와가 그 작품에서 보는 자연과 예술, 두 문제는 작품이 쓰였던 영국의 엘리자베드Élisabéthe시대에 많이 거론되었고 프랑스에서는 특히 중세와 르네상스시대에 거론되었다. 그는 셰익스피어가 로버트 그린Robert Greene의 『르 판도스토 Le Pandosto』를 인물들의 이름만 바꾸어 개작한 것으로 그 희곡을 보면서도 개작은 원작이 제기하지 못한 두 문제를 제시하고 있다고 보고 개작에 더 많은 가치를 두고 있다. 역사적으로 이미 오래전부터 대두된 두 문제를 본느프와는 셰익스피어의 개작에서 발견하고 자신의 여러 비평서들에서 이 문제들을 다루고 있다. 본 연구는 그의 비평 텍스트들에 입각해서, 그가 희곡에서 어떤 자연개념과 예술개념을 끌어내는지 보며 그의 자연관과 예술관을 파악해 보려고 한다.

자연과 예술

본느프와는 『겨울이야기』의 인물들 삶의 상황 속에서 자연과 예술 문제를 파악하기 위해 작품의 구성 방향을 따라간다. 따라서 인물들이 주고받는 꽃들에 관련된 내용과, 그들의 사랑 또는 그들의 사랑에 얽힌 질투와 진실한 생존으로의 인물의 부활, 그리고 인간 문제를 신과 자연 문제와 함께 살펴보는 식으로 그의 비평은 전개된다. 그의 이런 사색은 셰익스피어의 그 희곡 번역자로서는 예외적이다. 프랑스에서는 그 영국 작가의 작품들 번역이 18세기 후반부터 본격적으로 이루어졌기 때문에, 사실 그 작품은 1610년(또는 1611년)에 쓰였어도 그 이전에는 프랑스에 소개되지 않았다 : "그 때까지 위대한 윌리엄 셰익스피어[William Shakespeare]의 이름은 한 번도 언급되지 않았다. 프랑스 독자는 그 세기[18세기] 후반에서야 그를 알게 될 것이다."[113] 1909년에서야 장 아누이Jean Anouilh와 클로드 뱅상Claude Vincent이 처음으로 그 희곡을 프랑스어로 번역했고 이후 1947년에는 모리스 카스틀랭Maurice Castelain이, 1957년에는 이브 본느프와가, 그리고 1959년에는 수잔느 빙Suzanne Bing과 쟈크 코포Jacques Copeau가 그것을 번역했다. 그런데 이 번역자들 중에서 본느프와만이 그 작품에서 자연과 예술이라는 문제를 찾아 탐색하고 있는 것이다. 그는 이 두 분야를 살펴보기 위해 우선 인물들이 주고받는 꽃들과 관련해서 사물이나 인물

---

113) Henri Van Hoof, *Histoire de la traduction en Occident; France, Grande-Bretagne, Allemagne, Russie, Pays-Bas*, Paris-Louvain-la-Neuve, Éditions Duculot, 1991, p.60.

들 상황의 외부로 보이는 면과 실제로 존재하는 면을 검토한다.

11.1. 나타나는 것과 존재하는 것

희곡에서 외관으로 나타나는 것과 보이지 않으면서 그 실체를 지니는 것의 가치문제는 본느프와가 보기로는 우선 꽃들에 대한 인물들의 토론에서 제기된다. 5월의 그 시골 축제 때에 페르디타는 폴릭센느에게 처음에는 겨울 향기를 아직 간직하고 있는 로즈마리 꽃과 운향 꽃을 주고 다음에는 한여름에 활짝 필 라벤더와 박하꽃, 금잔화 등을 준다. 이 왕은 이때 그 소녀에게 자기가 처음 받은 겨울 꽃들은 자기처럼 나이 많은 사람에게 어울리고, 나중에 받은 여름 꽃들은 중년의 남자에게 어울린다고 한다. 본느프와의 관점에서 왕에게 꽃은 따라서 그의 정신적인 면보다는 그의 감각적인 외양을 장식하는 미학적 측면에서만 파악된다. 왕은 꽃들을 통해 인간의 영혼 문제를 깊이 명상할 수 있는 어떤 '상징성'을 보지 못하고 감각적인 '쾌락'만 느낄 수 있는 인간의 육체와 관련시키면서 꽃들을 보는 것이다.

> 그[폴릭센느]는 영적인 성찰과 오묘한 상징들을 받아들이지 않고, 그가 곧 놓쳐 버리게 될 쾌락의 말년에, 이 세상의 덕행들 중에서 오직 자기의 삶만을 생각한다.

> Il[Polixène] se ferme aux considérations spirituelles, et à de profonds symboles, pour ne penser qu'à sa vie parmi les biens de ce monde, au soir des plaisirs qu'il va perdre.[114]

---

114) Yves Bonnefoy, "«Art et nature»: l'arrière-plan du *Conte d'hiver*", préface du *Conte d'hiver*, traduction d'Yves Bonnefoy(*The Winter's Tale* de William Shakespeare), *op.cit.*, p.9.

폴릭센느에게서 그처럼 인간의 몸을 장식하고 즐겁게 하는 데 사용됨으로써만 존재 가치를 갖는 겨울 꽃과 여름 꽃들은 사실 어떤 인위적인 기술로 가꾸어지지 않고 원래 그대로의 상태를 간직한 소박한 야생화들이다. 페르디타는 이 꽃들이 야생화들이기 때문에 그 왕에게 주는데, 본느프와는 이 점을 강조하고 있어 야생화들이 그에게 특별한 가치가 있는 것 같다. 그의 생각으로는, 이 꽃들처럼 모든 사물은 그 외양에 인위적인 기술만 가해지지 않는다면 그 자체에서 영원불변의 보편적인 존재성을 발한다. 사물에 대한 그의 이런 관점은 그의 시들에 대한 한 설명에서도 언급되고 있다 : "'보편적인 것은 재발견해야 하는 것이다.'라고 그[이브 본느프와]가 외친다. 보편적인 것은 사물들의 감각적인 외양 속에 있고, 그들의 구체적인 현존 속에, 그들의 영원성 속에 있을 것이다."[115]

본느프와가 야생화들의 꾸밈없는 순수한 외양에 대해 그들 존재의 보편적인 실체성을 생각할 때, 그는 이 꽃들을 자연개념에서 파악하는 것이라 할 수 있다. 야생화들은 씨앗에서 싹이 터서 생성하고 성장하는 물질이면서도, 그들 내부에는 그것들이 스스로 운동을 해서 성장하고 변화하며 아름답게 보일 수 있는 그런 순환하는 동적인 발전의 힘이 있고, 이 힘이 바로 야생화들의 비물질적인 본성이라는 의미로, 그가 그 꽃들을 이해한다는 뜻이다. 본느프와의 자연개념을 이렇게 보면 그의 개념을 또한 아리스토텔레스Aristote의 정의에 비추어 볼 수 있을 것이다.[116] 이 철학자에 따르면, 자연이

---

115) M.D., "Yves Bonnefoy", *Dictionnaire de littérature contemporaine*, Paris, Éditions universitaires, 1963, p.205.

116) 우리는 본느프와의 자연개념을 이해하기 위해 다음과 같은 이유로 아리스토텔레스 이론을 참고한다. 그는 셰익스피어의 여러 작품을 번역한 후, 영국인과 프랑스인의 의식들은 영어

란 한 존재물이 다른 존재물과 접촉 또는 점착을 해서 생성되고 발육되며 차츰차츰 물질로서 자연스럽게 커 가는 성장을 뜻한다. 또 다른 한편으로, 자연이란 존재물들이 잠재적으로 그들 스스로가 할 수 있는 운동의 원동력으로 성장을 하게 될 때 그들의 보이지 않는 실체를 뜻한다 : "'자연'은 첫 번째 의미에서 발육하는 것의 생성이라 말해진다. […]; 다른 의미로, 자연은 발육하는 것이 그로부터 생기게 되는 근본적인 내재적 요소이다. 또한 자연은 그것이 본래 주둔하고 있는 천연의 온 존재물에게서 본래적인 운동의 원동력이다."[117] ; "물질은 그것이 생성도 성장도 그런 원동력을 그 자체에서 받아들일 수 있기 때문에만 자연이라는 이름을 갖는다."[118]

본느프와는 그런 자연개념을 테크네라는 기술개념과 함께 생각해 본다. 페르디타가 패랭이꽃과 공작초는 그 야생화들보다 더 예쁘지만 인간의 재배기술에 의해 아름다운 색상들을 지니게 된 것이고 그래서 자연 그대로의 상태를 지니지 못하기 때문에 이 꽃들을 폴릭센느에게 줄 수 없다고 하는데, 본느프와는 이 점을 주목함으로써 자연개념에서 파악되는 어떤 식물이 처음에 지녔던 본성, 즉 그 원래의 실체라 할 수 있는 것이 접목과 같은 인위적인 손질

와 불어의 언어상의 차이 때문에 다르게 형성되었다고 생각하게 된다. 영어 문장은 흔히 단순하고 직접적이며 즉각적인 현실을 추구하고 있어 아리스토텔레스의 사고방식을 보여주고, 반면에 프랑스어 문장은 흔히 즉각적인 현실 탐색보다는 세계의 보이지 않는 추상적인 면을 깊이 파고들어 가 플라톤Platon식의 사고를 보여준다는 것이다(참조 논문: "이신자, 「이브 본느프와(Yves Bonnefoy)의 셰익스피어(Shakespeare)와 예이츠(Yeats) 시 번역 — 시 번역론 고찰 — 」, 『프랑스문화예술연구』, 8권 3호(제18집), 2006, p.243"). 이런 차이를 고려하며 본느프와는 셰익스피어의 그 영어 희곡에서도 아리스토텔레스의 사고를 보고 있는 것이 아닌가 생각된다.

117) Aristote, *La Métaphysique*, tome Ⅰ, Introduction, notes et index par J. Tricot, Paris, Librairie Philosophique J. Vrin, 1974, p.254.
118) *Ibid*., p.258.

에 의해 변질될 수 있다고 생각하는 것이다. 접목되는 하나의 식물도 그 자체로 보면 그의 자연적인 본성을 새로 갖게 된다고 할 수 있지만, 접목을 당하게 되는 두 식물은 이미 그들이 원래 지니는 본성, 즉 그들이 스스로 성장하며 존재하는 자연 본성의 발전적 양상이나 이 양상의 원인이 되는 보이지 않는 그들 처음의 근본적인 힘을 잃는다고 할 수 있기 때문이다. 이 점에서 보면, 우리는 인간 기술 앞에서의 자연의 취약성을 말할 수 있고, 그래서 기술의 진보로 설령 아름답게 변화되었다 할지라도 그 자연에 온전히 절대적인 의미를 줄 수는 없을 것이다 : "우주 자연의 거대한 세계는 우리 눈앞에 가득 차 있다. 어쩌면 이미지와 상상세계의 작용이겠지만 현실을 건드리기도 하는 작용이다. 실제로 과학과 기술 그리고 이론들의 진보 앞에서, 자연은 후퇴를 하는데 아마도 우리는 자연에 남겨 주는 변변찮은 것으로 그에 지나치게 매력을 부여하는지도 모른다."119)

아무튼 본느프와에게서는, 인위적인 노력으로 대상물의 외양에 기술 또는 기교를 부리는 것은 위험한 일이다. 이 기술, 기교는 맨 처음부터 스스로 존재하는 물질적 · 비물질적인 힘을 의미하는 자연개념과 반대되는 예술개념으로 정의될 수 있다. 예술은 따라서 인간의 노력이 어떤 목적을 위해서 사물의 본성을 또는 그 본질을, 즉 자연을 인위적으로 변형시켜 사물에 대해 거짓된 아름다움을, 속임수를, '환상'을, '악'을 만든다는 의미를 지닌다. '환상'이나 '악'은 인공적으로 꾸며진 사물의 외양에 대한 기술 또는 예술개념

---

119) Jean Viard, *Le Tiers espace; Essai sur la nature*, Paris, Méridiens Klincksieck, 1990, p.17.

에만 있고 사물 원래의 실체를 이루는 본성을 의미하는 자연개념에는 없다는 생각이 그가 페르디타에게서의 예술을 말할 때 나타난다.

> 그녀[페르디타]에게서는 자연을 변모시키는 예술은 또한, 자연이 가지고 있지 않은 그런 악, 그런 악의 정신이 사용하고 이용할 수 있는 환상인 것 같다.

> Il lui[Perdita] semble que l'art qui modifie la nature, c'est aussi le leurre dont se sert et peut profiter ce mal, cet esprit du mal dont la nature est indemne.[120]

그처럼 본느프와가 예술개념에 부정적인 이미지를 부여하는 것은 셰익스피어가 글을 썼던 당시에 영국에서는 종교개혁 등 사회의 새로운 변화가 있어서 사물들의 본모습을 유지하려는 것보다는 그들의 외양을 보기 좋게 꾸미려는 기술이 강조되었고 그래서 예술작품들에서는 기교주의 풍조까지 나타났기 때문에, 예술이 이런 식으로 자연을 손상시킬 수도 있다는 것을 말하기 위한 것이다. 그는 예술과 자연의 이런 부조화 관계를 보며, 꽃과 같은 사물의 겉에 나타나는 측면과 그 보이지 않는 실체 문제를 파악하려는 것이다.

자연과 예술의 개념들을 정의하기 위해, 본느프와는 페르디타와 폴릭센느의 꽃에 대한 대화를 통해서 사물의 외양과 그 실제 존재를 탐색할 뿐만 아니라 또한 여러 인물의 행위를 통해 희곡의 내용을 검토함으로써 상황의 드러나는 면과 숨겨져 있는 진실을 알아내려고 한다. 이를 위해 그는 우선 그 희곡의 작가 셰익스피어에게서 '진실' 문제가 무엇인지를 생각해 본다. 어떤 상황을 겉에서만

---

120) Yves Bonnefoy, "«Art et nature»: l'arrière-plan du *Conte d'hiver*", *op.cit.*, p.10.

보게 될 때는 그 잠재적인 실제 현실을 인식할 수 없기 때문에, 셰익스피어는 거의 영적인 정신활동을 통해 그 외적인 것들로부터 어떤 '상징성'을 찾아내면서 상황의 '진실'을 희곡에 제시하려고 한다. 이때 인물 간의 사랑이 특히 중심 문제가 된다.

> 『겨울이야기』의 작가에게서 진실은 사건들이나 사물들 표면에서 이루어지지 않고 이런 것들이 그 표상이 되는 정신적인 측면에서 형성된다. 의미에 대한 그의 현실주의는, 관조와 사랑의 행위를 통해서, 외양의 장막으로부터 상징적인 것을 끌어내는 것이다.

> La vérité pour l'auteur du *Conte d'hiver* ne se forme pas à la surface des événements ou des choses mais au plan spirituel dont ces derniers sont les signes. Et son réalisme, qui a du sens, c'est d'extraire le symbolique, par un acte de contemplation et d'amour, du voile des apparences.[121]

희곡에서 문제가 되는 사랑으로 본느프와는 플로리젤과 페르디타의 사랑, 그리고 레옹뜨와 에르미온느의 사랑을 생각하고 이들 사랑의 외부적인 면과 내부적인 면을 주목한다. 우선 두 젊은이의 사랑에서, 플로리젤이 페르디타와 결혼하기 위해 자기 아버지 폴릭센느가 주는 모든 지위와 권력을 버리고 그녀와 시칠리아로 달아나는 것은 그의 사랑의 겉에서 보이는 측면일 뿐이지만, 이 도피를 유발하는 자기 사랑에 대한 그의 '열정'은 그의 사랑의 보이지 않는 실체라는 것이다. 그의 '열정'은 그가 이성에 입각해서 그녀와 함께 진실로 존재하려는 마음으로부터 우러나오는 갈망에서 오는

---

121) Yves Bonnefoy, "La poétique de Shakespeare: remarques préliminaires 1983 – 1984", *Lieux et destins de l'image, op.cit.,* p.91.

것으로 그의 존재 의미를 만든다. 본느프와는 따라서 그의 '열정'을 그가 순수한 마음으로 그녀와 함께 자신의 '행복'을 추구하도록 하는, 눈에 보이지 않는 고고하고 항구적인 한 '원인'으로 본다. 이 의미에서 그의 사랑은 자연개념이고 일부러 시도하는 기술이나 기교의 의미를 지니는 예술개념이 아니라고 할 수 있다.

> 플로리젤의 '열광', 그의 미칠 것 같은 정열은 그가 행동을 충실히 할 수 있는 원인이 되고 동시에 삶에서 그가 행복할 수 있는 원인이 될 것이다. 그래서 그것은 가장 고귀한 동기가 된다.

> La "madness" de Florizel, sa folie, va être cause à la fois de sa loyauté dans sa conduite et de son bonheur dans la vie. Et c'est donc raison, raison la plus haute.[122]

플로리젤과 페르디타에게서 볼 수 있는 자연개념으로서의 사랑의 의미는 희곡의 마지막 장면에서 조각작품으로 등장한 에르미온느가 실제 인물로 부활할 때에도 나타난다. 이 왕비는 남편인 레옹뜨가 16년 전에 자기를 간통한 여자라고 터무니없이 오해해서 자기와 딸 페르디타를 버린 것을 용서하고, 이 왕 또한 자기의 과오를 크게 뉘우치며 그녀에게 용서를 구함으로써, 이들은 결국 화해를 하게 되는데, 본느프와가 보기로 이들의 화해 모습은 그들 사랑의 외면적인 부분이고 이 화해를 가능하게 한, 그들 서로에 대한 절대적인 신뢰 회복과 이에 의한 상호 인정은 그들 사랑의 내적인 부분이다. 서로의 화해를 통과한 그들의 사랑은 이 내부적인 면에서 자연개념으로 해석될 수 있다. 그들의 회복된 사랑은 환상의 가

---

122) Yves Bonnefoy, "«Art et nature»: l'arrière-plan du *Conte d'hiver*", *op.cit.*, p.27.

식으로 신뢰하고 인정하는 척하는 것이 아니므로 속임수 또는 기교, 기술 의미에서의 예술개념을 배제한다.

그렇게 해서 본느프와는 인물들의 행위를 살펴보며 그들 삶의 상황에서 겉으로 드러나는 면과 그들 존재방법의 진실을 탐색한다. 이때 인물들의 진실한 사랑은 겉치레 기술에 의한 사랑의 예술개념과 반대되는 자연개념으로 정의된다.

그런데 참으로 진정한 사랑을 정의하는 자연개념은 본느프와에 의하면 어떤 '우연성'과 불가분의 관계에 있다. 예를 들면, 플로리젤이 양 치는 소녀 페르디타를 만날 수 있었던 것은 그가 사냥한 매가 우연히 그녀 쪽으로 날아갔기 때문이고, 또 이 소녀가 갓난아이로 버려진 당시에 하마터면 곰에게 잡아먹힐 뻔하다 우연히 그 앞을 지나가던 지금의 양아버지한테 발견되어 양육되었기 때문이라는 것이다. 두 사람은 만나 아름다운 사랑을 하고 결혼까지 하게 될 것이므로 그런 '우연성'들은 그들의 행복을 위해 필요한 것이다. 그러나 또 다른 어떤 '우연성'들은 그들에게 그 반대 현실을 가져올 수도 있는 것이다.

> 우연은 존재의 문턱이다. 아무튼 존재에게 있어서 우연성의-'우연'의-근본적인 역할을 의식한다는 것은 필요한 첫 단계일 뿐이다. 실제로 자기 친구 아버지 그 또한 '어떤 우연에 의해' 자기 지방에 들르고 그래서 자기를 플로리젤과 갈라놓지나 않을까 걱정하는 페르디타도 그걸 잘 알다시피, 우연은 불행을 초래할 수도 있고 또 행운을 가져올 수도 있다.

> Le hasard est le seuil de l'être. Reste que prendre conscience du rôle fondamental du hasard — de la «fortune» — dans l'existence, ce n'est que le premier pas nécessaire, car le

hasard peut être aussi funeste que bénéfique, comme Perdita le sait bien, qui craint que «by some accident» le père de son ami ne passe lui aussi sur ses terres, la séparant alors d'avec Florizel.[123]

본느프와의 이 관점에서는 인물들이 영원한 마음으로 사랑하게 되는 상황에서 설명될 수 있는 본질적인 또는 절대적인 자연개념은 '우연성'이 그들 상황의 배후를 어떻게 지배하는가에 따라 그 본래의 절대성을 다른 식으로 갖게 된다. '우연성'은 존재들의 행동반경을 형성하는 외적인 상황 속에서 우발적으로 나타나는 현상이므로 '우연'의 개입은 인물 간의 사랑의 만남을 이루어지게도 하고 이루어지지 않게도 한다. 두 경우에 사랑에 대한 자연개념은 '우연'의 특성에 따라 설명되어야 할 것이다.

인물들의 생존조건을 형성하는 그들 상황의 본질적인 면 뒤에는 거의 항상 돌발적인 외부 현상으로 나타나는 어떤 우연성이 개입된다는 관점에서 본느프와는 결국 그들 삶의 주요 동인이 되는 사랑 문제를 살펴보는 것이다. 뿐만 아니라 그는 인물들의 대화에서 언급되는 꽃들과 같은 사물의 문제도 보며, 희곡의 내용에서 겉으로 드러나는 면과 보이지 않게 실제로 존재하는 면을 자연과 예술의 개념에 입각해서 검토한다. 그의 이런 탐색은 희곡이 고대로부터 계속 대두되던 이 두 개념의 문제를 외관적인 것과 상징적인 것을 통해 파악하려 한다는 생각에서 출발한 것이고, 이때 두 개념이 16세기 르네상스시대에서부터 희곡이 쓰인 무렵의 17세기에 이르

---

123) Yves Bonnefoy, "«Art et nature»: l'arrière-plan du *Conte d'hiver*", *op.cit.*, pp.25-26.

러 더욱 문제시되었다는 생각에서 출발한 것이라 할 수 있다. 자연과 예술의 두 개념을 그는 다른 한편으로 희곡의 레옹뜨라는 인물에게 그만의 사랑의 정서를 표출하게 하는 질투 문제를 통해서, 그리고 이 왕의 부인 에르미온느가 다시 생명체로 돌아오는 부활의 문제를 통해서 살펴보려 한다.

11.2. 질투와 부활

희곡에서 갓난아이 페르디타가, 자기 부인 에르미온느와 자기 친구 폴릭센느가 간통을 해서 태어났다고 착각을 하고 레옹뜨가 질투에 사로잡혀 모녀를 버리게 되는 사건이 비극의 시초가 된다. 본느프와에 따르면, 그의 질투는 자기 부인에 대한 애정 때문이기는 하지만, 그가 너무 눈에 보이는 것에만 집착해 자기 주변의 실제 상황을 잘 이해하지 못한 데서 오는 것이다. 그는 그녀와 자기 친구가 너무 다정하게 보인다는 점만 생각하고서 그녀의 진실을 이해하지 못하며 질투하기 때문이다.

본느프와는 그런 질투에 사로잡힌 레옹뜨를 광증의 포로로 보고, 이 왕을 환상적인 눈으로 세계를 표현하는 위험한 예술가에 비유한다. 그 인물의 질투 감정에서 상징을 끌어내면서, 그는 "모든 사람들에게 있어서, 곧바로, 무분별한 것, 이성의 결여, 한도를 벗어나는 것, 정상상태에 대한 도전, 과도함을 상기시키는"[124] 그런 광기에 두 사람이 모두 사로잡혀 있다고 생각하는 것 같다. 그에게서

---

124) Jean Gillibert, *Folie et création*, Seyssel, Éditions Champ Vallon, 1990, p.15.

레옹뜨는 물질의 상황에서든, 인간 생존의 상황에서든 자연의 본질을 왜곡하고 따라서 악의 작품을 만드는 예술가의 예술개념을 경고하는 인물인 것이다. 자기 부인과 자기 친구의 다정한 모습을 오해하고 지나치게 광적으로 상상함으로써 그의 질투가 그들 부부의 행복을 파괴해 버리듯이, 예술가도 그의 착각하는 시선 때문에 외부로 보이는 세계의 실제 본질을 제대로 보지 못하고 그 오묘한 질서를 왜곡할 수 있는 것이다.

> 레옹뜨는 한 예술가이고 예술창조의 위험을 예증한다. 이제는 평범하지 않은 통찰력과 목표 면에서 그 『겨울이야기』에서는 셰익스피어가 '질투하는 사람과 예술가 사이에는 어떤 밀접한 유사성이 있다.'는 것을 표명했다 - 의식적으로든 아니든 별로 중요하지는 않고 어쨌든 그것은 일관성 있게, 두고 보면 알게 될 것이지만, 작품의 구조 속으로 멀리 가고 있다.

> Léonte est un artiste, il exemplifie le péril de la création artistique. Dans ce *Conte d'hiver* en cela maintenant d'une visée, d'une profondeur inusuelles, Shakespeare a marqué—consciemment ou non, peu importe, c'est en tout cas d'une façon cohérente et, on le verra, poussée loin dans la structure de l'oeuvre—qu'il y a une parenté intime entre le jaloux et l'artiste.[125]

본느프와의 생각으로는 그처럼 예술가가 작품을 만들 때 자연의 본모습을 왜곡해서 해석할 경우 이 오류는 레옹뜨가 잘못된 질투심을 분출시켜 불행으로 빠지게 되는 과오와 같은 것으로 오류와 과오의 결과 두 사람 모두 '겨울'처럼 황량한 삶을 살고 황량한 작

---

125) Yves Bonnefoy, "«Art et nature»: l'arrière-plan du *Conte d'hiver*", *op.cit.*, p.21.

품만을 만들 뿐이다. 또 다른 글에서도 우리는 그가 이렇게 황량하게 사는 사람들에 대해, 다시 말해 레옹뜨처럼 자기 주변의 외적인 상황을 남용해서 인식하는 사람을 자연의 본질을 잘못 이해하는 예술가에 비유하면서 세계에 대한 그들의 '피상적인 인식'을 염려하는 것을 본다.

> 셰익스피어가 가장 공들여서 만든 작품들 중의 하나[『겨울이야기』]에서 분명히 표명된 중요하고도 강력한 한 생각은, 그러니까 예술가처럼 사물이나 사람들의 외양을 만지는 자는 위험하게도 외관상으로 자연과 겨루고 싶어진다는 사실이다. 이는 실체를 구조화하고 있는 상징물들에 필요한 관심을 바로 그 실체에서 박탈함으로써 실체에 대한 그의 인식을 보다 피상적이 되게 할 것이다.

> Une grande et forte pensée, explicitement formulée dans une[*Le Conte d'hiver*] des oeuvres les plus élaborées de Shakespeare, c'est donc que celui qui touche, comme l'artiste, à l'***apparence*** des choses, ou des personnes, est en risque d'être tenté de rivaliser avec la nature par le dehors, ce qui ferait plus superficielle sa connaissance de l'Être, le privant de l'attention nécessaire aux symboles qui le structurent.[126]

그런데 레옹뜨의 광적인 질투가 그 당장에는 다른 사람으로부터 크게 과오라고 여겨지지 않았듯이, 예술가가 자연의 본질을 왜곡하는 오류도 당장은 책망되지 않을 수 있다. 실제로 우리는, 에르미온느가 16년 후에 그 왕 앞에 조각작품의 모습으로 나타날 때, 왕과 폴릭센느가 이탈리아 조각가 쥘 로맹Jules Romain이 이 작품을

---

126) Yves Bonnefoy, "La poétique de Shakespeare: remarques préliminaires 1983-1984", *Lieux et destins de l'image*, op.cit., p.90.

어찌나 기교를 부려 잘 만들었던지 정말로 그녀가 살아 있는 듯이
느껴진다고 감탄을 하며, 그녀의 영혼까지 표현되었는지는 아랑곳
하지도 않고, 그녀의 아름다운 자태만을 만든 그 기교의 속임수를
높이 평가하는 것을 볼 수 있다.

폴릭센느
훌륭해.
그 입술에서 생명의 열기가 느껴지는 것 같군.

레옹뜨
움직이지는 않지만 그녀의 시선에는 생동감이 있어.
예술이 마치 우리를 비웃는 듯이.

Polixène
C'est magistral.
Je crois voir la chaleur de la vie sur ses lèvres.

Léonte
Dans son oeil immobile un mouvement,
Comme si l'art se moquait de nous.127)

Polixenes
Masterly done:
The very life seems warm upon her lip.

Leontes
The fixure128) of her eye has motion in't.129)
As we are mock'd with art.130)

---

127) Yves Bonnefoy, *Le Conte d' hiver*, *op.cit.*, p.202.
128) 'fixure'라는 용어는 정착물, 내부시설을 의미하는 'fixture'라는 단어의 옛날 형태이다.
129) 'in't'는 'in it'의 예전 표현이다.
130) William Shakespeare, *The Winter's Tale*, *op.cit.*, p.157.

본느프와의 관점에서 보면, 이렇게 감탄을 받는 에르미온느 조각 상은 사실 쥘 로맹이 그녀의 외양을 너무 잘 모방해서 그녀의 '생 동감' 있는 존재 실체를 그리고 '생명의 열기'를 간직하는 그녀의 내면성을 의미하는 자연까지도 아주 잘 모방한 것처럼 보이는 것 이다. 조각가가 훌륭한 기교로 자연을 아주 잘 속였기 때문에, 작 품은 당장은 실제 인물처럼 보이고 그래서 훌륭하다고 평가를 받 는 것이다. 그러나 이런 평가는 자연의 은닉을 합리화시켜 주는 것 이 되므로 예술이 점점 더 자연을 해치는 결과만 초래할 뿐이다. 그런데 우리 생각에는, 그 조각가의 뛰어난 속임수 모방 기술은 작 품의 어쨌든 조화로운 형태를 만들려는 그의 강력한 정신의 적응 력에서 오고, 또 돌이라는 물질의 특성에 따라 윤곽선 간의 수적인 결합관계를 고려해서 작업하는 그의 기술적인 능력에서 온 것이라 고 할 수 있으므로, 그 작품을 전면적으로 부인할 수는 없을 것 같 다. 기교주의 작품에서든, 순수 작품에서든 모두 예술가의 미학차 원의 지적인 힘과 가소성의 물질요소들에 대한 그의 조합능력을 인정해야 할 것이기 때문이다 : "우리가 그것을 보고서 어떤 한 양 식과 단 하나밖에 없는 작품의 징표를 알게 되는 예술적 표현의 모 든 기법과 언어는, 실제로 창작물의 기술적인 방법들과 마찬가지로 그 지적인 구속 상태도 인정하도록 한다."[131] 우리의 이런 관점과 좀 다르게 본느프와는 기교주의적인 그 조각상을 통해 환상의 오 류를 범하는 예술을 생각하고 있다.

본느프와가 레옹뜨의 질투를 그런 속임수의 예술개념에 비유할

---

131) Jean - Claude Chirollet, *Esthétique et technoscience; Pour la culture techno - esthétique*, Liège, Pierre Mardaga(éditeur), 1994, p.83.

때의 상징화는 궁극적으로 예술개념의 부정적인 면을 부각시켜 세계의 진실을 함축하고 있는 자연개념을 더욱 명백히 하려는 것이다. 실제로 그는 에르미온느가 조각작품으로부터 실제의 인물로 다시 돌아올 때 그녀의 부활에 그녀 실존의 현존성으로부터 발산되는 자연의 의미를 부여해서 이를 그녀 조각상에서의 속임수 예술과 대비시킨다. 이는 레옹뜨의 나라 시칠리아의 궁정에서 좋아했다고 생각되는(이 왕이 기교로 넘치는 그 조각상 모습에 감탄을 하기 때문에) 인위적인 기교의 예술보다는, 아주 인간적인 세속의 감각적인 존재로부터 신성한 존재로 부활한 에르미온느를 상징하는 자연에 우월성을 주기 위한 것이다.

> 레옹뜨 얘기로 다시 넘어가면, 에르미온느는 따라서, 또 필요하다면, 그리고 아주 가능하면, 자연과 필적할 수 있는 예술은 없다는 것을 그에게 상기시켜야 한다.

> Pour revenir à Léonte, Hermione doit donc lui rappeler, s'il est encore besoin, et c'est fort possible, qu'il n'est d'art qui puisse égaler la nature.[132]

페르디타가 자기 어머니 모습을 한 기교적인 조각상의 돌로 된 손에 입 맞추려 할 때 이 조각상이 다시 생명을 얻어 자기 딸을 축복하는 성스러운 실제 인물 에르미온느로 되는 부활 사건에 관련해서, 본느프와는 이 조각작품에서처럼 허식적인 이미지를 통해 자연을 거스르는 기교 예술을 기술로 보고 이를 자연개념 밑에 두고 있는 것이다. 그의 이런 관점에서는 셰익스피어가 그 희곡을 썼던

---

132) Yves Bonnefoy, "«Art et nature»: l'arrière-plan du *Conte d'hiver*", *op.cit.*, p.32.

엘리자베드 체제 말기에는 유럽 예술이 엄숙한 종교적인 정서와 인간 육체의 아름다움에 매혹되는 현실적인 욕망 사이에서 어떤 식으로든 이 이중성을 극복하기 위해 눈 속임수 기법을 시도했고 이러한 시도는 곧 예술이 결코 자연을 능가할 수가 없음을 보여주는 것이 된다. 그런 시도를 함으로써 예술은 세계의 존재법칙을 지니는 자연에 비추어서 그 이중성을 해결할 수 없음을 스스로 인정하는 것이 된다. 그는 따라서 기교주의 예술의 현대성을 양면적으로 보고 있다고 하겠다. 그에게서는, 한편으로 속임수 기법의 예술은 갈등 상황에 놓인 현실의 모순을 어떻게든 새롭게 극복하게 하는 현대적인 개념이 되고, 다른 한편으로는 그 예술이 아무리 현대적이라 해도 그 기법 사용의 결과는 오히려 예술의 당위성만 떨어뜨릴 뿐이다. 그의 문학세계의 스승들인 "보들레르Baudelaire가 현대적인 삶을 향해서 새로운 개념을 발명하고, 랭보Rimbaud가 삶의 현대적인 면을 향해 가면서 산업사회로부터 낙담하는 것"[133]처럼, 다시 말해 그의 스승들이 그들 당시의 현대성을 각각 달리 대립적으로 체험했듯이 본느프와도 현대성 개념을 이분화하고 있다.

본느프와의 생각처럼 긍정적이면서 또 부정적이기도 한 현대적인 개념으로 이해될 수 있는 기교 예술, 이 기교 예술을 자연보다 하위에 오게 하는 에르미온느의 부활은 근본적으로 희곡 언어의 창조적인 힘에 의해 가능해진 것이다. 실제 인물 에르미온느가 환상의 기교를 부린 조각작품처럼 등장하는 것도 실은 언어의 마술과 같은 힘에 의해 가능한 것이다. 본느프와도 희곡에서 전개된 이러한 과정들을 언어의 직능에 의한 것으로 본다고 할 수 있을 것이

---

133) Henri Meschonnic, *Modernité Modernité*, Paris, Verdier, 1988, p.50.

다. 그는 자신의 시 창작에서 언어 직능의 생산성에 그 주안점을 두고 있기 때문에 희곡의 그 과정들 해석에서도 마찬가지일 것이라 생각된다. 본느프와의 작품들에 대한 한 비평가도 언어 문제에 대한 그의 관심을 주목한다 : "물론 낱말과 글자 같은 기본 자료로 언어 위에서 작업하는 본느프와의 염려는 말의 마법에 의해 드러나는 듯한 세상을 발견하기 위해 우리 자신의 의식의 커튼을 열어 젖히는 데 있다."[134]

언어의 마력에 의해 희곡의 후반부를 희극으로 이끌게 되는 에르미온느의 부활, 그리고 이 부활 전의 그녀 조각상 문제가 본느프와의 생각으로는 그 작품이 자연과 예술의 관계에 대해 내리려는 최종 결론으로 간주될 수 있다. 희곡의 전반부를 비극으로 몰고 가는 레옹뜨의 질투 문제 또한 마찬가지다. 자연과 예술, 두 개념 중에서 그는 특히 이번에는 자연개념을 희곡에서 드러나는 신과 인간의 관계와 함께 생각해 보려 한다.

11.3. 신, 인간 그리고 자연

본느프와에 따르면, 그 희곡은 궁극적으로 자연개념을 정의하기 위해 기독교 신 중심의 사고에서 출발하면서 자연 문제를, 또 인간 문제를 생각하게 한다. 우선 인간과 신의 관계를 보면, 에르미온느가 부활을 한 후, 그녀가 자기에 대해 터무니없이 질투를 한 레옹뜨의 지난날 과오를 용서해 주고, 또 그의 질투로 해서 갓난아이

---

134) Jean-Yves Casanova, "A propos d'Yves Bonnefoy", *Sud*, n. 31, 1980, pp.55-56.

상태로 버려진 후 16년 만에 다시 만나게 된 딸 페르디타에게 은총을 베푸는 것은 그 작품이 인간 삶의 모든 것을 기독교적인 신의 은총으로 귀결시키는 한 예라고 볼 수 있다. 또한 그 시골 축제 때에 페르디타가 자기 집에 온 폴릭센느에게 꽃들을 주며 하는 말에서도 이런 예를 생각할 수 있다.

> "죄와 신의 너그러운 마음을 잊지 마세요. 저희와 마찬가지로 그의 관용을 받게 되실 만하다는 것을 잊지 마세요. 저희는 농가에 친절히 내방해 주신 것을 기억할 거예요."라고 페르디타가 말한다.

> Souvenez-vous[Polixène] du péché et de l'indulgence divine, dit Perdita, souvenez-vous de vous rendre digne de celle-ci de même que nous, à la ferme, nous garderons souvenir de votre aimable visite.[135]

이 글은 양 치는 소녀 페르디타가 마치 꽃의 여신 플로라Flore처럼 폴릭센느에게 인위적으로 다듬어지지 않은 순수한 야생화들을 주면서 하는 말이다. 본느프와에 의하면, 이 말에서 인간은 기독교에서 말하는 태초의 질서를 위반한 원죄로부터 벗어날 수 없다고 생각하고 그의 운명을 신의 은총을 통해 바꾸고 싶어 하는데 바로 이런 욕망이 나타난다는 것이다. 따라서 그는 여기서 신이 인간을 만들었다는 생각을 하고 있다.

본느프와는 또한 그 희곡이 쓰인 당시에도 계속 강조되던 기독교 입장에서 신은 인간이 활용하는 그런 야생화들처럼 단순히 외부로 보이고 또 인위적인 기술로 변형되지 않은 상태에서 그들의

---

135) Yves Bonnefoy, "«Art et nature»: l'arrière-plan du *Conte d'hiver*", *op.cit.*, p.9.

보이지 않는 원래의 실체를 그대로 간직하고 있는 물질로서의 자연도 만들었다고 생각하는 것 같다. 자연이 신에 예속되어 있다.

> 우리가 아직도 단지 다가가고 있는 데 불과한 이 희곡[『겨울이야기』]으로부터는, 그 작품이 처음에는 신의 현존으로 침투된 자연의 배경 위에서 부각되고 있음을 주목할 필요가 있다.

> De cette pièce[*Le Conte d'hiver*], que l'on ne fait qu'aborder encore, il faut remarquer qu'elle se détache au début sur l'arrière-fond d'une nature pénétrée de la présence divine.[136]

본느프와에게 자연은 과학적으로 그 변화 과정 등을 설명할 수 있는 단순히 보이는 사물들의 총체이면서도 그것에는 '신의 현존'이 투영되어 있어 이에 따라 그 스스로 보이지 않는 상징적인 어떤 생명력을 발하는 본질적인 그 무엇이다.

기독교의 신은 자연과 인간을 창조했기 때문에 모든 피조물보다 우위에서 그들의 원인이 되는 존재이다. 그런데 신에 대한 본느프와의 이런 관점은 기독교적인 사고에 바탕을 두면서도 이와 조금 다른 철학적인 사고도 수렴하는 것 같다. 철학에서는 흔히 기독교에서처럼 신을 우주의 원동력으로 보면서도 크게 세 방향으로 구분해서 생각한다 : "세계의 여러 양상이 오직 유일한 그 실제 원동력의 발현과 결과만을 형성하는, 세계의 내부적 원동력인 신"[137] ; "세계에 혼을 불어넣는 논리법칙들의 기원으로서 또 지주로서, 순

---

136) Yves Bonnefoy, "La poétique de Shakespeare: remarques préliminaires 1983–1984", *Lieux et destins de l'image*, op.cit., p.88.

137) François Grégoire, *Les Grands problèmes métaphysiques*, Paris, PUF, 1957, p.106.

수한 예지로서의 신, 우주를 움직이게 하는 데 그치지 않고 또한 우주를 이끌고 우주에 어떤 윤리를 부과하고 싶어 하는 예지적이고 또 물론 자비로운 의지로서, 도덕적 인격체로서의 신."[138] 본느프와가 희곡에서 자연과 인간을 지배하고 있다고 보는 신은 기독교의 신이면서도, 동시에 이 세 정의 중에서 첫 번째와 두 번째로 설명되는 신일 수 있다. 그는 세 번째에서 설명되는 신의 윤리적인 존엄성을 말하지는 않고, 두 번째에서처럼, 영원불변의 이성적 사유작용의 실체로서 우주 최초의 동인이 되는 신을 강조하는 듯하다. 또한 그에게 신은 창조되지 않고 원래부터 존재하며 그 자신의 유일한 고유법칙에 따라서만 우주의 생명과 그 모든 작용을 창조하는 존재라고 보는 첫 번째 설명에서 엿볼 수 있는 그런 범신론적인 신이 다소 있는 것 같다.

본느프와의 관점에서는 그처럼 기독교적인 면에서 또 철학적인 면에서 자연과 인간은 신의 존재 속에 머물고 있다. 신에 대해 종속적인 위치에 있는 이상 자연과 인간이 신을 거역할 경우 많은 혼란이 일어날 것이다. 예를 들어, 자연의 우선 눈에 보이는 물질적인 외양을 더 아름답고 좋게 하겠다는 생각으로 인간이 과학기술을 이용해 그 외양을 파괴한다면, 자연과 인간은 모두 신으로부터 나왔으면서도 신을 모독하는 것이 된다. 특히 자연은 이때 신의 형상이 투시되어 있는 그 내재적인 아름다움을 제대로 드러낼 수 없게 된다. 변형된 자연의 모습은 신에 대한 모독을 넘어서 '신의 부재'를, 그리고 신이 다시 태어나야 한다고까지 말하는 듯하다. 본느프와의 시 작품들에 대한 다음 비평은 바로 이 방향에서 사물 등

---

138) Francois Grégoire, *Les Grands problémes métaphysiques*, op.cit., p.108.

물질현상에 주어지는 '외양의 증가'라는 의미를 그에게서 '존재의 부재'로, '신의 시련'으로 보고 있는 것 같다 : "첫 번째 시련은 보이지 않는 신의 시련이다. 절대적으로 '신비로움'을 가리키는 기호만을 창조에서 보려고 한다. 강렬한 외양들이 갑자기 증가하는 교차로에서 읽어야 하는 것은 '존재의 증가'가 아니고, 명백한 결핍이고 부재의 증거이다."[139]

신에게서 나왔다든가 또는 신을 모독한다든가 하는 이런 점들에서 본느프와가 자연과 인간을 본다면, 이는 그가 이 둘을 각각 두 영역으로 보는 것 같으면서도 인간을 정신세계로, 또 자연을 정신세계와 반대되는 의미에서 기계적인 세계로 구분짓지는 않는 것이고 오히려 둘 모두를 신으로 귀결되는 살아 있는 하나의 유기체로 보는 것이라 할 수도 있을 것이다. 그가 희곡에서의 신을, 자연과 인간을 창조하고 주관하는 존재로 보는 것은 두 영역이 모두 신의 한 부분들이어서 신의 요소들을 지니고 있다는 관점일 수 있고, 또 그래서 어찌 보면 이 셋을 그 본질에 있어서는 완전히 같은 하나의 일체로 보는 관점일 수도 있다.

신과 인간, 자연에 대한 일원론적인 사고에 따르면, 우선, 인간은 영혼을 가진 존재이고 이 영혼은 부분들로 나누어지지 않는 하나의 전체적인 형상이므로 영혼 그 자체는 곧 신의 이미지이고 그래서 인간은 결국 신이라고 할 수 있다는 것이다 : "헤르메스 트리스메기스투스는 영혼 혹은 (그가 신의 본성이라 부르는 것에 주저하지 않은) 인간의 마음은 태양으로부터 오는 햇빛처럼 신과 분리되거나 분할될 수 없다고 말한다."[140] 그리고 세계의 창조주 자체는 하나

---

139) Jean Blot, "Le Progrès d'Yves Bonnefoy", *NRF*, n. 282, juin 1976, p.72.

의 종합적인 영혼이기 때문에 세계의 영혼은 곧 자연 자체라는 것이다. '신의 본성'이라 할 수 있는 인간의 영혼은 종합적인 형상이라서 세계의 영혼 곧 자연 자체라고 할 수 있다. 인간은 따라서 자연의 일부가 아니고 곧 자연이고 신인 것이다 : "아리스토텔레스뿐만 아니라 플라톤도 모든 존재의 창조주는 어떤 분할 이전에 영혼과 같은 어떤 전체적(총합적)인 것을 소유했다는 것을 인정하는 듯하다."141)

본느프와는 신이 인간과 자연을 만들었다고 생각하고 있고, 또 그는 이 셋을 모두 그 근원에서는 같은 자질이라고 보는 일원론적인 사고에 다가가고 있다고, 우리가 보는 것은 모순이라고 할 수도 있을 것이다. 그에게서의 신과 인간과 자연은 같은 성질을 가지기는 하나 자연과 인간은 신에 종속되기 때문에 이 셋은 일원론에서 말하는 그 셋(즉, 분리되지 않는 하나라는 점에서 사실은 동등하게 같은 자질을 지녔다고 볼 수 있는 셋)과는 다를 수 있기 때문이다. 따라서 우리는 그가 자연과 인간을 신에 예속시키는 것을 보고 그가 이 일원론에 다가가기 위한 사고의 한 단계를 통과하고 있다고 생각함으로써 우리의 모순을 극복하려고 한다.

본느프와가 자연과 인간을 신에 귀속시키는 것은 다른 한편으로 보면, 그 희곡과 이를 번역한 자신의 불어 연극시를 신에 예속된 인간들인 셰익스피어와 그 자신의 사색 결실체로 보기 위한 것일 수 있다. 그에게는 이 시들뿐만 아니라 모든 작가의 시가 세계의

---

140) C. G. Jung & W. Pauli, 『자연의 해석과 정신』, 이창일/이승일 옮김, 청계출판사, 2002, p.286.
141) *Ibid.*, pp.286-287.

신성한 어떤 본질적인 것을 말하는 '수단'이 되는 것이다. 시를 성스러운 영역으로 보는 데까지 오게 된 본느프와의 관점은 신과 인간과 자연의 문제들을 보면서 궁극적으로는 자연개념을 다각도로 파악하기 위한 것이다.

*   *   *

자연개념을 비롯해서 예술개념을 셰익스피어의 『겨울이야기』를 통해 파악하기 위해 본느프와의 비평은 전반적으로 한 시골의 축제에서 전개되는 상황과 남녀 인물들의 삶 문제를 연구하는 방향으로 진행된다. 축제 때에 인물들이 주고받는 꽃과 같은 사물이나 그 작품 내용을 형성하는 인물들의 상황을 밖에서 보이는 외양에 따라서만 인지할 때와 이 외양의 실체를 이루는 어떤 본질적인 것을 향해서 인지할 때의 차이를 보면서 그는 자연과 예술 개념을 생각한다. 다른 한편으로 그는 인물 간의 사랑과 그리고 이 사랑이 때로 잘못되어 과도한 질투를 불러일으킬 때 이에 따른 인간의 오류를 보며, 특히 이런 오류로부터 인간을 구원해 줄 신의 은총 문제와 함께 자연과 예술 개념을 탐색한다. 또한 에르미온느라는 인물이 조각작품으로 등장하고 이어 실제 인물로 다시 돌아오는 부활 문제를 통해서도 그는 자연과 예술 개념을 생각해 본다.

꽃과 같은 대상물들의 외양이 인공적인 기술로 보기 좋게 변형되어 있거나, 인물들이 서로 사랑하는 상황에서 그들 주변의 외면적인 여건에만 집착해 사랑의 정서가 분노의 질투로 바뀌는 경우 또는 에르미온느를 표현하는 조각작품에서처럼 예술가가 모델 영혼의 움직임보다는 그의 능숙한 기교의 솜씨로 모델의 아름다운 외모만을 표현하는 경우, 이런 모든 외적인 조건은 마술과 같은 환상의 예술개념으로 특징지어질 수 있다고 본느프와는 생각한다. 그에 의하면, 이 예술은 사물이나 인간 또는 존재상황을 있게 한 어떤 보이지 않는 힘을 표현하지 못하고 단지 눈속임수로 환상의 이미지를 그들의 실제 본질처럼 표현한다. 그 예술은 미학적인 면을 지니고 있다 해도 기술이나 기교 또는 악의 개념에 머물고 있어 자연보다 하등하고 그래서 자연을 따라가지 못하는 허상개념으로 정의된다.

본느프와에게 허상으로서의 예술을 지배하고 그의 신기루를 해체시킬 수도 있는 자연은 창조된 물질세계의 근본이고 또 비물질적인 참세계이다. 사물의 실체 또는 인간의 모든 존재상황과 그의 실제 본질은 인위적으로 아름답게 만들어진 그들의 외적인 것에 있지 않고 외양에 내재된 보이지 않는 비물질적인 원래 그들 본연의 성질 속에 있다. 외부로 보이는 환상에 대비되는 상징적인 것이 외양의 진짜 현실인 것이다. 세계의 진실은 그 상징성에 있다는 의미에서 자연개념을 말할 수 있다. 다시 말하면, 그가 희곡에서 본 자연은 우주 안에서 보여지고 있는 대상물질이고 동시에, 우주 만물의 실체와 인간 존재상황의 실체를 구성하는 어떤 보이지 않는 본질적인 것이고 상징적인 것이다. 그가 물질로서 그리고 상징성이 잠재되어 있는 세계 외양의 본질로서 자연을 보는 것은 곧 자연의 그 본질적인 힘이 바로 자연 그 스스로의 물질적인 발전을 가져오는 생명의 원인이 된다고 보는 아리스토텔레스의 자연관에 그 뿌리를 두고 있지 않나 생각하게 한다.

본느프와의 관점에서 그와 같은 개념들로 정의되는 자연은 신의 창조로 태어난 피조물이다. 신의 형상이 자연을 투과하고 있는 것이다. 인간도 신의 피조물이다. 인간은 자연을 해치는 예술을 행함으로써 자연 속에 내재된 신의 신비로움을 왜곡되게 드러나게 하고 그래서 그의 죄를 계속 다시 짓고 그리고는 신의 은총을 통해 그의 운명을 쇄신해 보려 하기 때문이다. 그가 이렇게, 희곡에서 자연과 인간을 신에게로 귀속시키는 신 중심의 사고를 보는 것은 작품이 쓰인 그 당시 엘리자베드시대에는 사람들이 점차로 신에 대한 인식에서 벗어나 아주 대중적인 전원생활을 중시하게 되었고 또 모든 상황에서 지나치게 표면적인 것에만 점점 관심을 두었기 때문에, 그 작품이 아마도 신의 성스러운 이미지를 부각시키며 사람들에게 대중문화의 위험을 알리려 한 것이라고 생각한 때문인 것 같다.

희곡에서 전원 시골의 축제 때에 일어난 일들을 주시하면서도, 작품을 그렇게 대자연의 소박한 풍요로움 속에서 사는 사람들의 생활을 표현한 단순한 전원극으로 다루지 않고, 인간과 자연을 신에 예속시키는 차원으로 작품을 승화시키면서, 본느프와는 궁극적으로 자연과 예술 두 개념이 상징과 환상의 의미 속에서 서로 불가분의 관계를 가지고 있음을 강조한다. 그에게 있어 사물에게서든 인간의 존재상황에서든 외양이 표현되는 문제와 실제 외양의 현존성 문제가 또한 그 두 개념과 함께 다루어야 할 점들이다. 끝으로, 그가 이런 방향들을 따르며 가지는 여러 관점을 비평 영역에서 보면, 그의 비평은 어떤 미학적 규칙에 따라 희곡을 아주 단호하게 판단하는 것도 아니고, 또 텍스트를 자신의 감성에 흡수시켜서 작품에 대한 어떤 정의적인 인상만을 말하는 것도 아니다. 그의 비평은 개방된 정신으로 오로지 작품의 문학적 특성만을 설명하는 데 있다. 비평을 일반적으로 크게 세 유형으로 나눌 수 있다면, 즉 "어떤 사람들에게는 반론의 여지가 없는 결정을 함으로써 문학을 좌지우지하는 것이 중요하다면, 다른 사람들은 대중에게 사적인 감정만을 알리려고 한다. 또 다른 사람들은 그 독창성이나 그 맛을 느끼게 하려고 작품 뒤로 숨으려고 한다."[142]라는 식으로 나눌 수 있다면, 그의 비평 입장은 이 마지막 유형에 속한다고 할 수 있을 것이다.

---

142) Jean-Michel Gliksohn, "Juger", *La Critique littéraire*, texte collaboré avec Pierre Brunel, Daniel Madelénat, Jean-Michel Gliksohn, Daniel Couty, Paris, PUF, 1977, pp.70-71.

| 나가는 말 |

지금까지 앞에서 제시된 모든 글은 본느프와의 작품세계를 크게 특징지어 보는 것을 목적으로 했다. 언급된 내용들이 물론 그의 작품들의 문학적인 진가를 모두 보여준다고는 할 수 없을 것이다. 그러나 이 책은 적어도 이 작가가 시와 문학평론, 예술평론 그리고 영어작품 번역 등 다양한 영역에 많은 관심을 가지고서 폭넓은 글쓰기를 하고 있다는 것을 말하려고 했다. 그리고 이 책은 또한 그가 그렇게 여러 분야에서 다양한 글쓰기로 태어나게 한 그의 전 작품이 시학이라는 하나의 커다란 학문 영역 속에 통합될 수 있다는 것을 말하고자 했다.

'시학'이라는 용어는 프랑스어에서 '포에티크poétique'라는 명사로서 두 개의 의미를 지닌다('포에티크'는 형용사로도 쓰여서 '시의', '시에 관한', '시적인'이라는 뜻도 가지고 있다). 우선, 미시적인 관점에서 보면 '시학'이란 말은 '시'라는 명사 '포에지poésie'와 어원이 같아서 '시에 대한 이론', 즉 '시론'이라는 뜻을 갖는다. 그리고 거시적인 관점에서 보면 '시학'이라는 말은 '시를 비롯한 모든 문학작품의 창조적인 문학성에 대한 이론'이라는 뜻을 지닌다.

시학 개념에 대한 두 정의 중에서 이 책은 본느프와의 문학세계를 거시적인 관점에서의 시학 쪽에서 파악하려고 했다. 이는 그가 한 사람의 언어 주체로서 그의 각기 다른 영역의 작품들 속에서 실행하는 담화의 주관성이 각 영역에 따라 각기 고유한 특성을 보여주며 의미들을 제시하기 때문이다. 그가 이런 다양한 글쓰기를 지금도 계속하고 있음을 간과할 수는 없을 것이다. 그는 세계에 대한 그의 시각을 계속 폭넓게 확대시켜서 궁극적으로는 시인으로서 시를 더 잘 쓰기 위해 시학 속에 들어가는 그런 여러 영역을 넘나드는 것 같다.

| 이브 본느프와의 저서 |

I. 시

Traité du pianiste, La Révolution la Nuit, 1946.

Anti−Platon, La Révolution la Nuit, 1947(Galerie Maeght, 1962).

Du mouvement et de l'immobilité de Douve, Mercure de France, 1953.

Hier régnant désert, Mercure de France, 1958.

Pierre écrite, Mercure de France, 1965.

Dans le leurre du seuil, Mercure de France, 1975.

Poèmes: *Du mouvement et de l'immobilité de Douve, Hier régnant désert, Pierre écrite, Dans le leurre du seuil*, Mercure de France, 1978(coll. Poésie/Gallimard, 1982).

Ce qui fut sans lumière, Mercure de France, 1987.

Début et fin de la neige, suivi de *Là où retombe la flèche*, Mercure de France, 1991.

La Vie errante, suivi de *Une autre époque de l'écriture*, Mercure de France, 1993(coll. Poésie/Gallimard, 1997).

Les Planches courbes, Mercure de France, 2001.

Le Coeur−espace; 1945, 1961, Farrago, 2001.

II. 에세이, 레시

Peintures murales de la France gothique, Paul Hartmann, 1954.

L'Improbable, Mercure de France, 1959.

Arthur Rimbaud, Le Seuil, 1961.

La Seconde Simplicité, Mercure de France, 1961.

Un rêve fait à Mantoue, Mercure de France, 1967.

Rome, 1630; l'horizon du premier baroque, Flammarion, 1970.

L'Arrière-pays, Skira, 1972(Flammarion, 1987; coll. Poésie/Gallimard, 1998).

L'Ordalie, Galerie Maeght, 1975.

Le Nuage rouge; Essais sur la poétique, Mercure de France, 1977(coll. Folio/Essais, Gallimard, 1995).

Rue Traversière, Mercure de France, 1977.

L'Improbable, suivi de *Un rêve fait à Mantoue*, Mercure de France, 1980(Gallimard, 1983).

Leçon inaugurale de la chaire d'Études comparées de la Fonction poétique, Collège de France, 1982(*La Présence et l'Image*, Mercure de France, 1983).

L'Artiste du dernier jour, Asphodel, 1985.

Récits en rêve, Mercure de France, 1987.

La Vérité de parole, Mercure de France, 1988(coll. Folio/Essais, Gallimard, 1995).

Sur un sculpteur et des peintres, Plon, 1989.

Entretiens sur la poésie(1972 − 1990), Mercure de France, 1990.

Dessin, couleur et lumière, avec les autres essais du *Nuage rouge*, coll. Folio/Essais, 1990(Mercure de France, 1995).

Alberto Giacometti; biographie d'une oeuvre, Flammarion, 1991.

Aléchinsky, les Traversées, Fata Morgana, 1992.

Rue Traversière et autres Récits en rêve, coll. Poésie/Gallimard, 1992.

Remarques sur le dessin, Mercure de France, 1993.

Écrits sur l'art et livres avec les artistes, entretien d'Yves Bonnefoy avec Françoise Ragot et les autres, Flammarion et ABM, 1993.

Palézieux, avec Florian Rodari, Skira, 1994.

La Petite phrase et la longue phrase, La TILV, 1994.

La Vérité de parole, et des essais du *Nuage rouge,* coll. Folio/Essais Gallimard, 1995.

La Journée d'Alexandre Hollan, Le Temps qu'il fait, 1995.

Théâtre et Poésie: Shakespeare et Yeats, Mercure de France, 1998.

Lieux et destins de l'image; Un cours de poétique au Collège de France(1981-1993), Le Seuil, 1999.

La Communauté des traducteurs, Presses Universitaires de Strasbourg, 2000.

Un des siècles du culte des images, précédé de *Rome, 1630; l'horizon du premier baroque*, Flammarion, 2000.

Baudelaire: la tentation de l'oubli, Bibliothèque nationale de France, 2000.

L'Enseignement et l'exemple de Leopardi, William Blake and Co.,

2001.

André Breton à *l'avant de soi*, Farrago, 2001.

Le Théâtre des enfants, William Blake and Co., 2001.

Poésie et architecture, William Blake and Co., 2001.

Alberto et Diego Giacometti, avec François Baudot, Assouline, 2002.

Remarques sur le regard: Picasso, Giacometti, Morandi, L'art en France entre les deux geurres, Calmann Lévy, 2002.

Sous l'horizon du langage, Mercure de France, 2002.

La Hantise du ptyx; Un essai de critique en rêve, William Blake and Co., 2003.

Le Poète et «le flot mouvant des multitudes»; Paris pour Nerval et pour Baudelaire, Bibliothèque nationale de France, 2003.

III. 번역

(1) 셰익스피어

Henri IV(I)(Théâtre de Carouge, 1981), *Jules César*(Mercure de France, 1960; coll. Folio/Théâtre, Gallimard, 1995), *Hamlet*(suivi d'une «Idée de la traduction», Mercure de France, 1962 et 1988), *Le Conte d'hiver*(Mercure de France, 1994; coll. Folio/Théâtre, Gallimard, 1996), *Vénus et Adonis*, *Le Viol de Lucrèce*, Le Club français du Livre, 1957 - 1960.

Le Roi Lear, Mercure de France, 1965 et 1991.

Roméo et Juliette, Mercure de France, 1968.

Hamlet/Le Roi Lear, précédé de «Readiness, Ripeness: Hamlet, Lear», Gallimard, coll. Folio, 1978 et 1988.

Macbeth, Mercure de France, 1983.

Roméo et Juliette/Macbeth, précédé de «L'Inquiétude de Shakespeare», Gallimard, coll. Folio, 1985.

Poèmes, Mercure de France, 1993.

La Tempête, coll. Folio/Théâtre, 1997.

Antoine et Cléopâtre, coll. Folio/Théâtre, 1999.

Othello, coll. Folio/Théâtre, 2001.

Comme il vous plaira, Le Livre de Poche/Librairie Générale Française, 2003.

(2) 다른 작가들

Une chemise de nuit de flanelle de Leonora Carrington, Librairie Les Pas perdus, 1951.

La Quête du Saint−Graal de Chrétien de Troyes, avec Albert Béguin, Le Club du meilleur livre, 1958(Le Seuil, 1965 et 1982).

Ode à une urne grecque de John Keats, Marchant Ducel, 1987.

Quarante−cinq poèmes de Yeats, suivis de «La Résurrection», Hermann, 1989(coll. Poésie/Gallimard, 1993).

Keats et Leopardi, Mercure de France, 2000.

Ⅳ. 사전

Dictionnaire des mythologies et des religions des sociétés traditionnelles et du monde antique, Flammarion, 1981.

| 수록된 글들의 출처 |

이 책의 7항에서 11항까지의 글들은 프랑스어문학 관련의 학술지들에 게재되었던 논문들을 수정, 보완한 것이다.

7. 이브 본느프와의 시와 예술작품 비평에서 창조성 문제, 『프랑스문화예술연구』 제17집, 2006년 6월.

8. 이브 본느프와의 셰익스피어와 예이츠 시 번역 - 시 번역론 고찰, 『프랑스문화예술연구』 제18집, 2006년 10월.

9. 이브 본느프와의 시에 나타난 사물의 현존성, 『프랑스학연구』 제42집, 2007년 11월.

10. 이브 본느프와의 말라르메 시학 비평 - 언어 문제를 중심으로, 『불어불문학연구』 제75집, 2008년 9월.

11. 셰익스피어의 작품 비평에서 나타난 이브 본느프와의 자연과 예술에 대한 관점들 - 『겨울이야기』를 중심으로, 『비교문학』 제46집, 2008년 10월.

이신자 ———

▌약 력

성균관대학교 불어불문학과를 졸업했고, 현대 불문학 시 전공으로 프랑스 리모즈 대학교에서 석사학위를, 프랑스 파리 8 대학교에서 박사학위를 받았다.
석사논문과 박사논문(『이브 본느프와의 시학에서 예술』)을 위해서는 지금 현재 왕성하게 창작활동에 전념하고 있는 시인 이브 본느프와의 전 작품을 연구했다.
현재 성균관대학교에서 강의를 하며 시학과 예술의 관계에 대한 연구를 하고 있다.

▌주요 논저

주요 논문으로 「이브 본느프와의 작품들에서 나타나는 예술과 과학의 관계 ― 17세기의 예술 작품들을 중심으로」, 「쥘 쉬페르비엘의 시집 『중력』에서 우주 공간에 대한 상상의 세계」, 「『사후의 회고록』에서 나타나는 샤토브리앙의 북아메리카에 대한 담론 ― 자연과 문화적 상황에 대하여」 등이 있고, 번역서로 *La Corée; hier et aujourd'hui* (공저)가 있다.

이브 본느프와의 시학

초판인쇄 | 2010년 5월 28일
초판발행 | 2010년 5월 28일

지 은 이 | 이신자
펴 낸 이 | 채종준
펴 낸 곳 | 한국학술정보㈜
주 소 | 경기도 파주시 교하읍 문발리 파주출판문화정보산업단지 513-5
전 화 | 031) 908-3181(대표)
팩 스 | 031) 908-3189
홈페이지 | http://ebook.kstudy.com
E-mail | 출판사업부 publish@kstudy.com
등 록 | 제일산-115호(2000. 6. 19)

ISBN 978-89-268-1038-5 93860 (Paper Book)
      978-89-268-1039-2 98860 (e-Book)